キャロル・モーティマー・コレクション

紳士で悪魔な大富豪

ハーレクイン・マスターピース

東京・ロンドン・トロント・パリ・ニューヨーク・アムステルダム
ハンブルク・ストックホルム・ミラノ・シドニー・マドリッド・ワルシャワ
ブダペスト・リオデジャネイロ・ルクセンブルク・フリブール・ムンバイ

LOVE'S ONLY DECEPTION

by Carole Mortimer

Published by Harlequin Japan,
a Division of K.K. HarperCollins Japan, 2025

キャロル・モーティマー

　ハーレクイン・シリーズでもっとも愛され、人気のある作家の一人。14歳の頃からロマンス小説に傾倒し、アン・メイザーに感銘を受けて作家になることを決意。コンピューター関連の仕事の合間に小説を書くようになり、1978年に見事デビューを果たす。以来、数多くの作品を生み続け、2015年にはアメリカロマンス作家協会から、その功績を称える功労賞を授与された。エリザベス女王からも目覚ましい活躍を認められている。

主要登場人物

キャロライン・デイ……広告代理店マネージャーの秘書。愛称キャリー。

キャロライン・デイ……キャリーの母親。娘と同姓同名。故人。

ジェフリー・スペンサー……キャリーの義父。彫刻家。愛称ジェフ。故人。

サー・チャールス・スペンサー……ジェフの兄。スペンサー・プラスチック社のオーナー。

レディ・スペンサー……サー・チャールスの妻。

ドナルド・スペンサー……サー・チャールスとレディ・スペンサーの息子。

シスリー・キャリントン……ジェフとサー・チャールスの姉。愛称シシー。

ローガン・キャリントン……シスリーの息子。キャリントン化粧品の社長。

ビル……キャリーの隣人。弁護士。

マリリン……ビルの妻。

1

すぐ身支度にかからなくては、と思いながらキャリーはトーストにゆっくりとバターをぬり、ジャムをぬった。朝食を長引かせるためだけに二杯目のコーヒーを注《つ》ぐ。とにかく、バークシャーまではたいした道のりではない。

行かなくてすませられるならどんなにいいか。ジェフさえあんな目に遭わなかったら……この半年の間に母に死なれ、ジェフも車の事故で亡くなった。立て続けの不幸を体験したばかりか、今度はジェフの身内と会わなくてはならない。それも、直接キャリーに会いたいと言ってきたのではなく、弁護士を通して連絡してきただけ。その弁護士のジェームス・シーモアも感じの悪い人だった。

分厚い判例集がぎっしりと並んでいる殺風景な部屋で待ち受けていた老弁護士は、その部屋にいかにも似つかわしい、ぞっとするくらいいかめしい人だった。そのジェームス・シーモアから見くだすような態度で、あなたがジェフの遺産の唯一の相続人だ、と告げられたのだ。

「わたしが？」キャリーは思わず声をあげた。「まさか、何かの間違いにきまっています」

ジェームス・シーモアも同じ思いでいるようだった。弁護士は押しきるような口調で言った。「間違いのはずはありません。わたしは長年の間、ミスター・スペンサーの弁護士でしたし、この遺書を作成したのもわたしなのですから。ロンドン、ヒル・アパートメント、二十八号、キャロライン・デイ……たしかにあなたなのでしょう？」

「ええ……それは、もちろん。でも、こんなに大変な……」キャリーは指を震わせて弁護士の前にひろげられている遺言書を指さした。

弁護士はまるで気でも違ってしまったのかとでもいうようにキャリーを見た。「七十五万——正確に言うと、七十五万三千ポンドという金額に……」

「ですから、そんな大金なんて……」この弁護士のほうがどうかしている、と思いながらキャリーは甲高い声を出した。ジェフがそんな財産を持っていたわけがない。そんな財産を遺《のこ》せるわけがない。

ジェームス・シーモアは眼鏡のふち越しにキャリーを見つめた。「さらに、スペンサー・プラスチックの三十七・五パーセントの株式も……」

「スペンサー・プラスチック？」キャリーの声はいっそう高くなった。

弁護士の口元がぎゅっと引き締まる。「いちいちさえぎられては先へ進まないのですがね、ミス・デイ」

「すみません。でも、たしかスペンサーと……」とキャリーは言いかけたが、その先は弁護士の冷たい目に見すえられて続けられなかった。

「先を続けてよろしいでしょうな？」

「どうぞ」

「ミスター・スペンサー、つまり、ミスター・ジェフリー・スペンサーがあなたに遺した株式は、同族会社の……」

「では、ジェフは……ジェフリーは、スペンサー・プラスチックのスペンサー家と血のつながりが？」名家であるスペンサー家のことはキャリーにも世間並みの知識はある。サー・チャールスとレディ・スペンサー、サー・チャールスの姉のシスリー……ジェフの口からも、チャールスとかシシーとかいう名前はときどき聞いたことはある。でもその名がまさかスペンサー家の人たちのことだとは……。

「ジェフリー・スペンサーはサー・チャールスの弟

さんなのです」という弁護士の声が遠くのほうからのように聞こえる。

　キャリーには察しがついていたのでさして驚かなかった。ジェフはどうして何も言ってくれなかったのだろう、とちらっと思い、すぐ、スペンサー家の人たちに取って食われてしまうのではないか、という恐怖に見舞われた。

「みなさんは……わたしのことはご存知なんですか？」キャリーはこわごわときいた。

「ミスター・スペンサーがお話ししていると思いますよ、あなた方の関係のことは」

「いいえ、そういうことではなくて、ジェフの遺産のことです」

「もちろん、承知しています。それで、サー・チャールスからあなたにお会いしたいという伝言もあるのですよ」

　やはり、とキャリーは思った。「いつということでしょう？」力のない声で彼女はきいた。

「この週末です。さしつかえがなければ、ですが」

　さしつかえがあっても、と言われたようにキャリーには思えた。「わたしは……かまいません。わたしのほうには不都合は何も……」

「ぜひということですから」弁護士はキャリーにサー・チャールスのアドレスを書いたメモを渡した。「週末をご一緒に、ということです」

　キャリーは大きく目を見開いた。金色の斑点《はんてん》がちらばっている濃い褐色の目を。コーン色の――キャリー自身は麦わら色と思っているが――くせのないたっぷりとした髪を肩まで下ろしているので、ハート形の顔がいっそうすっきりと見え、彼女の顔のいちばんの特徴である美しい目がきわだっている。鼻は小ぶりで、大きめの口元にはいつもなら笑みが浮かんでいるのだけれど。一メートル六十センチにも満たない小柄な、少女っぽいといってもいいくらいの体つきのせいだろうか、もう二十二歳なのに、まだ何センチかは伸びるかもしれないという印象を人に与える。

「週末を一緒に？」とおうむ返しに彼女はきいた。

「一族の人たちに会うことがあなたのためになる、とサー・チャールスは考えておられるのです。甥御《おいご》さんだけはよばれないでしょうけど」いんぎんな口ぶりだけれど、その甥という人を弁護士が嫌っているのははっきりとわかった。「もちろん仕事でイギリスにはいないということもあります」と取ってつけたように弁護士は言った。

一族の動静をキャリーに知らせる必要はない、という口ぶりに思えた。キャリー自身にしてもスペンサー家になんの権利を主張する気もないのだから、べつに突っこんできくまでもないことだった。

「お受けするとサー・チャールスにお伝えください。では、これで失礼させて……」

「まだすんだわけではないのですよ、ミス・デイ」

「すみませんが」キャリーは立ち上がった。「どうしても用事がありますので。これ以上の詳しいことは手紙で知らせていただけますでしょう？」彼女は口調をやわらげてつけ加えた。

ジェームス・シーモアは故もなく侮辱されたような顔つきになった。「そういう処理の仕方をしたくはないのですよ、ミス・デイ」

「でも、ごめんなさい、どうしても失礼しなくてはなりませんの。お電話をしますから」それ以上、弁護士には口をきかせずにキャリーはドアの外へ逃げ出した。

何もかもが悪夢のように思えた。巨額の遺産、スペンサー・プラスチックの株式三十七・五パーセント……目が覚めれば、お金も株券も関係のない、取りたててどうということのない女、キャリー・デイにもどれる……という思いが続いた。

だから友だちのマリリンにもそう言った。マリリンと夫のビルはキャリーの隣のフラットに住んでいる。「あの官僚的なミスター・シーモアはすぐ間違いだと気づいてあわてるわよ。きっとそうなるわ」そうなったらいい気味、という思いを彼女ははっきり声に表した。

マリリンはぼうっとしたようになったまま首を振った。「でも、いったい何が不満なの？　あなたはお金持なのよ。そうでしょう？」

「それはそうかもしれないわ」キャリーは眉をひそめた。「だけど、最終的な裁定がくだるまでには数カ月かかるそうなの。でも、そういうことじゃなくて、わたしには受け取る権利がないのよ」

「ジェフはあなたに受け取ってもらいたかったんだわ。あなたに権利があるということじゃないの」

「スペンサー家の人がそんなふうに思うかどうかだわ」キャリーは顔をしかめた。

二人はマリリンのキッチンでお茶を飲んでいた。赤ちゃんのポールは二人の足元で一人遊びをしている。

「あなたのほうがよっぽどジェフの身寄りって言えるわ、あんなお高くとまった連中よりは」とマリリンが言った。「誰一人としてお葬式に来なかったじゃないの」

キャリーは肩をすくめた。「知らせが届かなかったらしいの。でもちょうどよかったのよ、わたしだって来てほしくはなかったし……」キャリーは喉を詰まらせた。「愛情を持ってくれた人にしか告別にきてもらいたくはないって、ジェフはいつか言っていたわ」

「だから、あなたに受け取ってもらいたい、ということがジェフの愛情のあかしじゃないの」マリリンが思いやりをこめて言った。「はねつけてごらんなさい、せっかくの愛情にいやなお返しをすることになるのよ」

　キャリーはやっと朝食のテーブルを離れた。正午の三十分前を朝食と呼べればだけれど。サー・チャールスもレディ・スペンサーもわたしのこんなでたらめぶりを知ったらあきれ返るに違いない、と思った。昨夜はあるパーティーに出て、そのまま大勢で友だちのフラットに押しかけ、夜明けまでたむろしていたのだった。もちろん女だけだったけれど。二日酔いはスペンサー家の人たちと張り合う助けになりはしない。〝ディナーへの同席が期待されているのです〟というミスター・シーモアのしゃちこばった言い方が耳について離れない。昨日オフィスへ電話をしたときの弁護士の応対ぶりは、会いにいったとき以上に冷ややかなものだった。

　バスにゆっくりとつかり、髪を洗った。そのせいで少しはすっきりしたが、何を着ていったらいいかということまでは深く考えていなかった。夕食によばれているということは、向こうへは夕方着くことになるのだから、着替えてからディナーに出るようにということ……そこまで考えてやっと、何が期待されているかに思いあたった。もうちょっとで笑いものになるところだった、と思うとぞっとする。なにしろサーやレディたちと同席したことなどいままでなかったし、いつもは平気でオフィスから帰ったままの装いで夕食の食卓についているのだから。

　仕事着にも使っている黒のテーラードスーツにして、地味なブラウスの襟元は大ぶりなカメオでとめた。洗いたての髪がつややかに肩にかかり、いかにも落ち着き払った外見ができあがった。あとは向こうでこの姿どおりの振る舞い方をすればいい。

　バークシャーへの高速道路はすいていた。十年前の型のフォード・エスコートをずっと時速百キロで走らすことができた。ウィンザー城もウィンザー・サファリ・パークも今日はちらっと目をやっただけでバークシャーを走り抜けた。

目的地が近づくにつれて、どんな話をしたらいいものか見当もつかないことがあらためて気になりだした。まさか週末の間ずっとジェフや株の話が続くわけはないし、スペンサー家の人たちと共通の話題があるわけではない。共通点が何一つないのだ。ジェフにしたってそうだったのだろう。ジェフは彼らとはかけ離れた生き方をしていたのだし、一家の一員とさえ思われていなかったのだから。

ああ、ジェフ。大事なジェフの死はキャリーには大変なショックだった。母の死以上に、と言ってもいい。母の場合は病み衰えていった末のことだったので覚悟はできていた。ジェフの事故死を知ったときにはただ呆然《ぼうぜん》とするだけだった。いまだにジェフのことを思うと涙を抑えられない。アスコットへのランプの標識が目に入ったので、まばたきを繰り返してやっと涙を払った。

不案内な場所だったが、教えられたとおりの道をたどり、砂利を敷いた車道《くるまみち》にゆっくりと車を乗り入れた。どこまで続くかと思えたその車道の奥に、チューダー様式の豪壮な邸宅が現れた。

十月だというのに庭には花が咲き乱れている。よっぽど丹精した結果に違いない……丹精させたに違いない、お金に飽かして、とキャリーは皮肉っぽく思った。ひねくれすぎているかもしれないけれど、これくらいのことを思う気の張りがなかったら、この週末はしのげはしない。サー・チャールスはわたしを取って食おうとしているのだから。

傍らにはジャガーとロールス・ロイスがとめてあり、キャリーのエスコートは場違いに見える。屋敷のわきの大きなガレージにはほかに二台も車が納まっている。遠くて車種はわからないけれど。

正面入口の階段を五十がらみの銀髪の男の人が下りてくるのが目に入った。年齢を感じさせないハンサムぶりで、仕立てのよさが一目でわかるクリーム色のスラックスとノーフォーク・ジャケットが身に着いている様子から、使用人でないことははっきりわかる。サー・チャールス本人だろうか。

キャリーは目を閉じた。ああ、ジェフ、ジェフ、わたしはとうとうライオンの口の中へほうりこまれたのよ、あなたのおかげで。

来るのではなかった、と思ったがいまさらどうしようもない。豪壮な大邸宅を目の前にしているだけで彼女は完全に気おされてしまっていた。

サー・チャールス・スペンサーらしいと見当をつけた人は屋敷同様によそよそしくて高圧的な感じだった。けげんそうに、「ミス・デイ？」と言い、青い目をせばめてキャリーを見つめた。

キャリーはスーツケースを降ろし、車のトランクを閉めた。たいていはうまく閉まらずにはね上がってしまうので、そうなりませんようにと祈るような気持で。はね上がらない。ほっと口元をゆるめてキャリーは背筋を伸ばし、「はい、キャロライン・デイです」と応じた。

「チャールス・スペンサー」とそっけなく言って彼は手を差し出した。

「お会いできて……うれしいです」触れたか触れないかに彼の手が触れたので、キャリーの心からの挨《あい》拶《さつ》はぎごちないものになった。

「どうぞ、お入りに」彼は挨拶は返さなかったが、それでも小型のスーツケースを持ってくれた。ふっと彼の眉がひそめられる。「思ってもいませんでしたな、あなたがこんなに……若いとは」

こんなに年を取った方だとは思いませんでした、わたしのほうでは、と言いそうになったがキャリーは口を慎んだ。「わたしは二十二です」彼女はきっぱりと言った。

「わたしから見れば子供同然だ」

五十過ぎの人から見ればそうに違いないけれど、友だちの大部分はとっくに結婚していて、子供までいる。「ジェフはいつも……」

「ジェフ？」サー・チャールスが聞きとがめた。

「わたしの弟のジェフリーのことだろうか？」

「そうです。彼はつねづね、気持の持ちようで若くもいられるし、ふけもするって言っていました」

彼の口元にさげすみが浮かんだ。「あなたの様子から判断すると、ジェフリーはよっぽど若々しくいられたらしい」とサー・チャールスはあてつけるように言った。

いやな人、とキャリーは思った。迎え方もジェフをくさしたことも気に入らない。ジェフがこの兄の悪口を一度でも言ったことがあったろうか。彼はほんのときたま話すだけだったけれど、チャールスやシスリーとの子供時代の話をなつかしそうにしたものだった。

「彼は人生を楽しんでいましたわ」とキャリーはあらたまった口調で言って、使用人が開けてくれているドアの中へ入った。

「これを二階のミス・デイの部屋に」サー・チャールスはいやなものでも処分するみたいにスーツケースを使用人に渡した。「客間へどうぞ、ミス・デイ、妻と息子に引き合わせますから」彼はそのままゆったりと進んで、両開きのかしのドアを開けた。

では甥御さんはいらっしゃるのだ。この父親みたいなもったいぶった人だったら、この週末はさぞかし楽しいものになる！

二人が入っていくのに合わせるように背の高い女性が椅子を立った。立ったというよりは、優美な姿がすらりときまったと言ったほうがいいかもしれない。中年のとても美しい人で、黒髪は寸分の乱れもなく整えられ、美しい顔をきわだたせるようなメーキャップなので、まるで生きている彫刻のように見える。グレーの絹のドレスはまさに絹そのものという感じだった。もっとスマートな服にするのだった、とキャリーは思った。

「わたしの妻のスーザン」サー・チャールスが何かとてもわざとらしい口調で紹介した。「スーザン、こちらがミス・デイ」

レディ・スペンサーの握手は握手とも言えない感じにすらりとした指でさらりと触れただけだった。こちらが、というサー・チャールスの紹介の仕方が奇妙な響きだったせいもあって、二人が思いもかけない人間を迎えている気持だということはありありとわかった。ふだんは庶民階級の人間になど目もくれないし、台座を下りることなどめったにないのだろう。あなたがこういうところから逃げ出したのも無理はないわ、ジェフ、とキャリーは思った。

「キャリーと呼んでください」二人の仰々しさに巻きこまれたくなかったのでキャリーは言った。「みんながそう呼んでいますから」

「というと、入るわけだろうね……ジェフも?」サー・チャールスが思わせぶりな言い方をした。

キャリーは赤くなった。どうしてかはわからなかったけれど。「ほかの呼び方はしませんでした」

「ですけれど、あなたのお名前はキャロラインでございましょう?」レディ・スペンサーがはじめて口を開いた。じつにものものしい英語にキャリーは目を見張った。こんな話し方をする人がいるなんて、思ったこともなかったのだ。

「そうです。キャロラインです。でも……」

「でしたらわたくしたちはそうお呼びすることにいたします」レディ・スペンサーはにべもなくそう言った。

「お好きなように」キャリーは肩をすくめた。

「お茶がおよろしい?」

「いただきます」

　レディ・スペンサーが呼び鈴を鳴らしてお茶の支度を言いつけている間、キャリーは部屋中を見まわしていた。壁にかかった絵はコピーではないし、アンティークの家具や装飾品はどれ一つ取ってもまがいものではない。テレビや映画で見ているイギリス貴族の住居そのもの、と思ったせいだろうか。奇妙なお芝居に巻きこまれてしまっているような気がした。

「ドナルドなら書斎で電話をかけておりますわ」夫にきかれてレディ・スペンサーがそう答えた。

「連れてこなくてはな」サー・チャールスはむっつりとした顔つきになって部屋を出ていった。

　ジェームス・シーモアが嫌っているらしい甥御さんはもしかすると髪を伸ばし放題にしているタイプの青年なのかもしれない、とキャリーは思った。

「ジェフリーはたった一人で車に乗っていたのでしたね、事故に遭ったときは？」とレディ・スペンサーが言った。

　苦痛を顔に出すまいとしたがキャリーにはどうしようもなかった。「はい、一人きりでした」にぎやか好きのジェフ、あんなに一人でいるのが嫌いだった人が、車の中に一時間以上も閉じこめられていたのだ。胸を押しつぶされたまま、血の海の中で。夢の中にまでたびたび現れる様子がまぶたの裏に浮かんでキャリーはぞっと身を震わせた。「たったの一人でした」とかすれきった声で彼女は繰り返した。

「わたくしは……」

　ドアが大きく開き、サー・チャールスに続いて、父親をそっくり若くした感じの青年が入ってきた。サー・チャールスが若かったころはこんなふうにハンサムだったのだろう、と思いながらキャリーはドナルド・スペンサーの顔をしげしげと見つめた。ただドナルドの髪はブロンドで、顎の線に父親には見られない意志の弱さが表れている。

だが二人ともジェフとは似ても似つかない。ジェフの青い目はいつも笑っていたし、褐色の髪は硬くて手に負えない感じだった。デニムのズボンとカジュアルなシャツというのがふだんの服装だった。

ドナルド・スペンサーの身なりは父親同様、寸分もすきがない。くずすことがあるのだろうか。

「わたしの息子のドナルドを紹介しよう」

まるでファンファーレでも鳴り響きそうな仰々しい紹介の仕方をされてキャリーは眉をひそめた。

ドナルドはびっくりしたような目つきでじっとキャリーを見つめていてから、「まさかこんな人だとは思わなかった」と口をすべらしたように言った。とたんに父親からも母親からもにらみつけられ、彼は顔を赤らめてぶつぶつとわびごとを言った。

やはりわたしの観察に間違いはなかった、とキャリーは思った。同情がわくがままに、「わたしのほうも同じ。あなたをこんな方だとは思っていなかったわ」と言ってキャリーはにっこりとした。

「ではぼくらのことはジェフリー叔父から聞いているんですね？」とドナルドがきいた。

スペンサー家の人間だということさえ話さなかったのに、どうして話すわけがあろう。ジェフはどうして話さなかったのだろう、とちらっと思いながらキャリーはとっさに言った。

「ときどきでしたけど」

「それなのにあなたはわたくしたちのところへ挨拶にも見えなかったんですのね」レディ・スペンサーがとがめだてをするような口ぶりで言った。

「会いにもきていただけませんでしたわ」とキャリーは応じた。

レディ・スペンサーの口元にさげすみが浮かんだ。

「あなたはわたくしたちの身内というわけではないんですのよ、キャロライン」

図星をさされてキャリーは顔色を変えた。「承知していますわ、身内ではないということは。そのとおりなのですから」とキャリーはあらたまった口調で言った。

　レディ・スペンサーは気位の高い様子でキャリーを見た。「それならよろしいんですの、わたくしたちは……」

「さあ、お茶にしよう」メイドがワゴンを押してきたのに救われたように、サー・チャールスがさえぎった。

「お座りあそばせ、ミス・デイ」たしなめるように言ってレディ・スペンサーは銀のティーポットを手にした。「クリームになさる、それともレモン？」と如才なくキャリーを見上げる。

　反抗心がむらむらっとわき、キャリーの虹彩《こうさい》の金色の斑紋がきわだつ。「レモンは切ったばかりのものでしょうか？」とキャリーは冷ややかにきいた。

　女主人《ホステス》は気色ばんだ。「もちろんですとも」

「ではレモンにしてください」キャリーは浅く腰かけていたが、そう言って柔らかな革張りのソファに背をあずけた。そのせいでレディ・スペンサーは体を折るようにしてキャリーにカップを渡さなくてはならなかった。「ありがとう」とぞんざいにキャリーは言った。

「サンドイッチは、ミス・デイ？」ドナルド・スペンサーがお皿を差し出す。繊細な磁器の皿に小さなオープンサンドがきれいに盛りつけられている。

「これがサーモンで、こっちがきゅうり」とドナルドが指をさした。

「ありがとう」キャリーは一つずつ取った。いつもこんな体裁ぶったものを食べているのかしら、と思いながら。

「わたくしたち、事故のことをお話ししていたんでしたわね、キャロライン」眉を弓なりにしてレディ・スペンサーが言った。オープンサンドを口にしたキャリーは、むせてしまった。「ドナルド、背中をたたいてあげなさい……もっと、そっと！」ドナルドがキャリーの背中を思いきりたたくのを見てレディ・スペンサーはそう注意した。

「もう大丈夫です」ソファの袖に座って続けようとしているドナルドにキャリーはそう言って、なんとかつばをのみこんだ。「失礼しました」

レディ・スペンサーは横柄なうなずき方をしてから、「ドナルド、そんなふうにソファの袖に腰を下ろしていないで」と神経質に言った。

ドナルドははじかれたように自分のアームチェアにもどった。まるっきり言いなり、とキャリーは思った。そろそろ三十に手の届く年だろうに。

レディ・スペンサーはどうして事故のことを話したがるのだろうか。ジェフは死んでしまったのだ。いくら話しても泣いても、ジェフがもどってくるわけではないのに。

キャリーはつんとして、「事故のことはあなたがお話しになっていたんです、レディ・スペンサー」とよそよそしく言った。「事故のことではわたしには何も話すことはありません。ジェフは亡くなった、ということだけです。お話しできることは」

「ジェフというのはジェフリーのことだ」サー・チャールスがほかの二人に言った。

キャリーの目が気色ばむ。「ジェフという呼び方以外では別人のようですから、わたしには」

「もちろん、そうだろうね」とサー・チャールスがなだめるように言った。「部屋でひと休みなさったほうがいいですな。顔がちょっと青白い」

「ブロンドの方が喪服を着るとそう見えるものなんですのよ、あなた」レディ・スペンサーが気ざわりそうに言った。

キャリーの頬が染まる。「喪に服しているつもりでこのスーツを着ているわけではありません」

「もちろん、そうでしょうね」レディ・スペンサーが辛辣《しんらつ》な口調で応じる。「あなたがジェフリーの喪に服するなどとわたくしたちも思ってはおりませんわ。彼はあなたに大変な財産を遺したんですもの、嘆き悲しむ気持など起きなくて当然でしょうね」

「スーザン……」サー・チャールスが言いかけた。

「わたしはお部屋へ行かせていただきます」キャリーはさっと立ち上がった。「よろしかったら……」

「ドナルド、ミス・デイをお部屋へご案内して」レディ・スペンサーがいらだたしげに言いつけた。

キャリーはそれ以上何も言わずに部屋を出た。まさかこれほど嫌悪をむき出しにされるとは思ってもみなかったが、スペンサー家の側から見ればわたしは完全な侵入者にすぎない……。

「母はずけずけと言う人だけど悪意があるわけじゃないんだ」と傍らのドナルドが不意に言った。両親の支配の及ばないところに来てやっと息が抜けた、という様子だった。

キャリーは新しい目でドナルドを見た。とても感じのいい顔つきだし、目には好意がこもっている。弱いというよりはおっとりした性格といったほうがいいのかもしれない。

その分、母親が心にもないことを言っていると正直に思っているのかもしれない。でもわたしにしてみてもジェフの遺産のことは何かの間違いではないかといまだに思っているくらいなのだから、レディ・スペンサーやサー・チャールスにしてみればいまいましさがつのる一方なのではないだろうか。

「そうなのでしょうけど、こうしてわたしが現れたことは」とキャリーは言った。「思いがけないことなんでしょう、あなた方には？」

「たしかに」彼は正直にうなずいた。「ぼくらの誰もが思い浮かべもしなかったんだ、ジェフリー叔父が……いや、もうすんだことだけど」

「たしかに、もうどうしようもないことですわ」

「いや、ぼくが言ったのはそういうことでは……」

彼の頬に血が上った。

「わかってるわ、そのくらいのことは」キャリーはドナルドの腕にそっと手を置いた。「案内していただいてありがとう」

彼はにっこりと笑い、「お安いご用ですよ」とベッドルームのドアを開けてキャリーに向き直った。

「だけど、あなたのような人だとはぼくらは思ってもいなかった」

キャリーは片方の眉を弓なりに上げた。「どんな女が現れると思ってらしたの？」

「もっと年がいっていて、もっと、なんていうか……」

「すれっからし？」とさらりと言ってキャリーはベッドルームに歩み入り、ハンドバッグをベッドにほうった。

「いや、それほど……」

キャリーはこわばった笑みを浮かべた。「あてがはずれたのね、ドナルド。なんでしたらご要望どおりにいたしますけど？」

「そんな……」

「ごめんなさい」彼女は息を抜いてベッドに腰を下ろし、ずきずきするこめかみに指をあてた。「こうしてお会いするのはわたしにとっても大変なことだったんです。とても疲れました」

部屋を出ていってもらいたいというキャリーのほのめかしを彼は察したらしかった。「ディナーは八時だけど、呼びにきますよ」

「そうしてください」ライオンの口の中へ一人で下りていかずにすむ、と思ってキャリーはほっとした。

「じゃあ、のちほど」

一人になるとキャリーはそのままベッドに横たわって、華やかな天井にじっと目を凝らした。ジェフがあんな目に遭わなかったらここにこうしていることもないのに、という思いがこみあげる。彼女はうめき声をあげて枕に顔を埋め、声を忍んで泣きはじめた。

　そのまま眠ってしまったのだろう。目を開くと夕映えが部屋を染めていた。ぼんやりしながら起き上がった。夕暮れや日の出ごろはジェフの大好きな時間だった、と自然に思い浮かぶ。この素晴らしいひとときを何度、二人きりで過ごしたことだろう。

　スーツはしわだらけになってしまっていた。衣装戸棚を開けると、持ってきたドレスやスラックスがかかっていて、靴もそろえてある。ドレッシングテーブルの引き出しを開けると、下着類も納められている。なんだかいやな気がした。十歳のときの学校での旅行以来、着替えを詰めるのも出すのも自分一人でしてきたキャリーにとっては、こうしてなんでもメイドたちの手をわずらわさなくてはならない暮らし方はとても我慢のならないものに思えた。

　ドレスはこくのある褐色のビロードなので、それを着ると彼女の目は引き立ち、肌ははちみつ色を帯びた。ホールター・スタイルのネックラインのせいで肩も背もあらわになり、すそがひろがっていないのですらりとした容姿はいっそうきわだっている。

　ドナルドのノックに応じてドアに向かったキャリーはじつに優美で魅力的だった。色を深めたドナルドの目がキャリーの金色の頭から小作りなつま先へと走った。

　黒のディナースーツ姿のドナルドはとてもハンサムだった。不快な感じのこれっぽっちもないこの人のことを弁護士のジェームス・シーモアがどうして毛嫌いするのか、キャリーにはわからない。

　ドナルドの両親はもうラウンジで二人を待っていた。ピーコックブルーのドレスに身を包んだレディ・スペンサーはいっそう威厳に満ちていたし、サー・チャールスのディナースーツ姿も息子同様、じつに立派だった。

とても気の張るディナーだったが、礼儀正しい話が続くだけで、キャリーがここにこうしている理由についてはこれっぽっちも触れられない。無理にくつろいでいるように見せかけようとしたせいで食事が終わるころには頭痛がはじまった。このまままっすぐロンドンへ帰ってしまいたい、とキャリーは思った。ジェフの姉のシシーがいてくれたらもっと楽だったろう、とも思った。ジェフが姉のことを話すときにはいつもとても愛情がこもっていたのだった。

ラウンジでコーヒーを飲む段になると緊張はいっそう耐えがたいほどになった。話はとたんにとぎれてしまったのだ。

キャリーはカップに口もつけずに言った。「もう……やすませていただきます。頭痛がして……」

「やすむなんて」とレディ・スペンサーがさえぎった。「頭痛には外の空気がいちばんですわ。ドナルド、キャロラインをお庭に案内しなさい」

ドナルド・スペンサーと二人きりになるなんて、と思ってキャリーはあわてて言った。「きっとアスピリンをいただけば……」

「ワインを飲んでいるんですから、いけません。あなたに必要なのは外の空気です。ドナルド！」とレディ・スペンサーは息子をせかした。

「はい」と言ってドナルドは立ち上がる。「キャロライン？」

「でも、とても寒そうですし……」

「キャロラインにわたくしのジャケットを着せてあげてくださいな、チャールス」レディ・スペンサーが夫に命令をくだす。

夫と息子がまるであやつり人形みたいに即座に行動を起こすのを目にしてキャリーは観念した。

レディ・スペンサーの言ったジャケットは、ミンクだった。肩にかけられたとき、いったい何匹のミンクがこのジャケットを作るために殺されたのだろう、と思ってキャリーはぞっとした。

外は寒かったが、キャリーはすぐジャケットを肩からはずした。

「冷えると思うがな」きつい香りのただようばら園に入るとすぐドナルドが言った。

「べつに寒くはありませんから」キャリーは身震いを抑えながら言った。

「頭痛は、まだ？」

心から気づかってくれている口調だったのでキャリーは笑顔を向けた。「ええ、まだ」

「とてもきれいだ、キャロライン」とだしぬけに彼が言った。

突然だったのでびっくりしたけれど、すぐ気を取り直してキャリーは、「ありがとう、ドナルド」と応じた。

「ぼくにはわからないんだけど……」と言いかけたが、ドナルドはうろたえたように口をつぐんだ。

キャリーは明るい笑い声をあげた。「どうしてわたしのことをそう思うのかがわからない、ということ？　それとも、別のこと？」

「別のことだけど」

「どんなこと？」

「ジェフリー叔父のことを本当に……愛していたのかな、と思って」

キャリーの頰に血が上る。やっぱりジェフのことに話がもどる。「ええ、愛していました」とあらたまった口調で彼女は言った。「とても愛してましたわ、おあいにくさまですけど。会ったことはあります？」

ドナルドは首を横に振った。「叔父が家を出たとき、ぼくはまだ三歳だったんだ」

「では作品も見たことはないんですね？」

「作品って？」ドナルドは眉をひそめた。

ここの人たちはジェフが素晴らしい彫刻家だということも知らない、とキャリーは思った。でも、わたしだって彼のことを知っていたと言えるだろうか。生前は、何の秘密も裏表もない人と思っていたのだから。

「ジェフ・ソーントンはご存知でしょう？」

「ジェフ……何？」

キャリーはため息をついた。「ジェフ・ソーントン。一年前に展覧会を開いて大好評だったのよ」その展覧会のために骨身をけずるようにして作品を作っていたジェフの姿を見てキャリーはジェフのことをますます敬愛するようになったのだった。彼が仮名を使ったのは自分の評価に家名を利用しないためだったのか、といまさらのように思いあたった。

「ぼくの両親も知らないんじゃないかな、そのことは」とドナルドが言った。

「彫刻家だったということ？　それとも、好評だったということ？」キャリーはあてつけるように言った。

ドナルドは顔を赤らめた。「両方。ぼくは……言うまでもないことだろうけど、ジェフリー叔父が家を出ていったのはずいぶん昔なんだ。どんなことをしていたかは家族の誰一人、知らなかった。弁護士を通して連絡してくるだけだったんでね」

「ジェームス・シーモア？」

「会ってるんだね？」

「ええ」とうなずいてからキャリーは思わず身震いをしそうになった。「もどりません？」

ドナルドはうなずいた。「頭痛はどう？」

「治りました」キャリーは嘘《うそ》を言った。

家へ入るとすぐキャリーは毛皮をドナルドに渡した。「ご両親にはお断りしないでこのまま部屋へ上がらせてもらいます」

「そうするといい。おやすみ、キャロライン」

ジェフのことを話しすぎたせいだろうか、夜明け近くに悪夢にうなされて目が覚めた。額は汗でじっとりとぬれ、手は思いきりこぶしを握っていた。あの日、わたしの車が車検のためにガレージにあずけられてさえいなかったら、ジェフがあの時間にあの道を運転してくることもなかったのに……という罪の意識がずっとキャリーの胸につきまとって離れなかった。

キャリーは三十分も事務所のあるビルの前で待っていてから、ジェフは彫刻に熱中して迎えにくるのを忘れてしまったのだと思って、バスに乗って家に帰った。家には警官が待っていて、ジェフの度忘れをからかおうとして出しかけた声を押し殺さなくてはならなかった。ジェフと冗談口をきいて笑い合う機会は永久に失われてしまったことを直観的に悟ったのだった。

疲れの取りきれない顔でキャリーは朝食に下りていった。レモン色のスラックスとブラウスを着ているせいで、顔はいっそう青白く沈んでいた。

朝食用の部屋にはノーフォーク・ジャケットを身だしなみよく着たドナルドがいるだけだった。

「母はベッドルームで朝食をとるんです」と彼は弁解した。「父は乗馬です」

「馬もいるんですの？」ほっとしながらキャリーは言った。だが、午後になれば肝心な話になる、と思うと気が重くなる。

「屋敷の裏手に馬屋があるんですよ。あなたも乗るんですか？」

「車だけ」キャリーは冗談ぽく言った。

ドナルドはユーモアのセンスを持ち合わせないらしく、「だったらドライブにお連れしよう」と真面目な顔で切り出した。

「あら、そんなつもりでは……」

「いや、ぜひ。母はランチタイムまでは部屋を出ないことだし、父もいつ帰ってくるのかわからないし……」

本心からドライブに誘っている様子だったのでキャリーは気が進まないながら承知した。コーヒーだけを飲み、部屋に上がってジャケットを取ってきた。ドナルドは玄関の前にジャガーをつけ、わざわざ車をまわってきてキャリーのためにドアを開けた。

バークシャーには王室の領地がひろがっているせいで美しい自然が保存されているし、美しい屋敷も目に入ったけれど、スペンサー家の屋敷ほどの豪邸はほかにはなかった。

立ち寄ったパブでドナルドがだしぬけに、今度誘ってもいいだろうか、と言いだした。「ぼくはスペンサー・プラスチックのロンドン本社に勤めているんです。だから夕方、あなたに電話すればすむわけなんだ」

「それはそうでしょうけど、それからここまで帰ってくるのでは……」

「うちのフラットがロンドンにあるんですよ。ぼくもよくそこを使うんです」

そう言われてしまっては断る理由は見つからない。ドナルド・スペンサーにはもう一つおもしろみがないのでキャリーにはもの足りないけれど、いやな人ではないし好青年には違いない。自分がブロンドのせいかブロンドの男性には魅力を感じたことがない。それにジェフのような人に四年間もなじんできたせいで、よっぽどの人が現れない限り胸がときめくわけがなかった。

「でも……」

「ディナーを一緒にするだけだ、キャロライン」彼はキャリーの両手にそっと手を置いた。

ディナーだけなら、と思って彼女はしぶしぶ、

「いいわ、ドナルド。あとで電話番号を書いておきますから」と言って腕時計に目をやった。「そろそろもどらないと、ランチの時間に遅れたということであなたのお母様を怒らせてしまうわ」

伝統的なローストビーフとヨークシャー・プディングのランチだったけれど、あと一、二時間で退散できると思ったせいか、喉を通っていった。

客間にもどるとすぐ、レディ・スペンサーが言った。「キャロラインはきっと、日の光を浴びたばら園を見たいはずですよ、ドナルド」

「そう？」とドナルドが真剣な様子できいた。

気詰まりな客間から逃げ出せるなら、と思ってキャリーは、「ええ、とても」とうなずいた。

秋気のせいでいっそう色のさえたばら園は息をのむほど素晴らしかった。

「お母様がご自分で手入れをなさるの？」

ドナルドは笑った。「彼女はもっぱら見る人さ。ガーデン・パーティーを計画したりすることのほうが好きなんだ」

執事が二人のそばにやってきた。「お電話です、ミスター・ドナルド」

ドナルドの顔にちらっといらだたしげな表情が浮かんだ。「悪いけど、すぐすませてきますから」

「ここにいればなんともありませんわ」とキャリーは答えた。

ドナルドは十分近くももどらない。強烈なばらの香りになんだかくらくらしてしまって、キャリーはドナルドを待たずに家に入ることにした。開いたままのラウンジの両開きのドアを入ろうとしたとき、ドナルドが電話で話している声を耳にして、ふと足が止まった。

「キャロラインのせいなんだよ、ダーリン。きみのほうが好きだということはわかっているはずじゃないか……そうじゃない。きみと結婚したいさ。だけど……いや、切らないでくれ」ドナルドはうろたえきった声を出した。「ダーリン、頼むからわかってくれよ。ちょっと先へ延ばすだけなんだから。離婚するまでの我慢じゃないか。……もちろん、二、三年はかかるだろうけど、だけど……」

キャリーは傍らの庭椅子にくずおれるように座った。ショックでうまくまわらない頭は、そういうことだったの、そういうことだったの……と繰り返し思うだけだった。

「誰だったんです？」というレディ・スペンサーの声が聞こえた。

「ただの友だちですよ」とドナルドの震え声が応じる。

「たしかでしょうね、ドナルド？」

「もちろんですよ」

「キャロラインはどこなんです？」

「庭だと思いますけど」

「あの人とははかどってるんでしょうね？」

「だと思うけど」

「だと思うけど、ですって？」レディ・スペンサーはあざけるように言った。「そんないくじのないことでどうするんです、ドナルド。あの人に気に入られなかったら、お父様がなんておっしゃるか……というよりも、お父様がどんなことをなさらなくてはならないか、あなたにはわかっているはずでしょう？　とにかくスペンサー・プラスチックに他人を入れることだけはできませんからね」

「だけど彼女と結婚させようだなんて！」とドナルドがうめくように言った。

「ほんのしばらくの間だけじゃありませんか」

「それでも……」

「いまさら、なんですか。一生続くわけではないんですし、あなたが思っていた以上に美しい人だったでしょう？」

「それはそうですけど、でも……」

「ドナルド、このことはもうあなたもちゃんと了解したはずですよ。さあ、キャロラインのところへ行ってらっしゃい。長い間、一人きりにさせてはいけないじゃありませんか」

　キャリーは急いでばら園にもどり、ドナルドがやってきたときにはなんとか平静を取りもどしていた。

2

　帰るとすぐキャリーは、どんな手段に訴えてでも自分たちの会社に他人を入れまいとしているスペンサー家に対して一歩も引かない決心をして、マリリンの夫のビルにジェフの遺志の代行をしてもらうように頼みこんだ。ビルはとても有能な弁護士だし、ジェームス・シーモアやスペンサー家を向こうにまわしても一歩も引けを取るはずはなかった。

　ドナルド・スペンサーからデートの誘いがあったときには、彼の両親の鼻をあかすつもりで応じた。

　一カ月の間、キャリーはでたらめなことをし続けたし、ドナルドにさせ続けた。ある夜は彼にも靴と靴下を脱がせてトラファルガー広場の噴水の中を歩きまわった。ある女流画家の突拍子もないパーティーに連れていって、その画家に言い寄られるのを懸命に振り切ろうとするドナルドを見物していたし、フットボールの試合に連れていってもらって、下品な野次を彼がどう思うか内心ほくそ笑みながら観察したりもした。

ドナルドはべつに苦情も言わずに我慢し続けた。どうしても見たいからと言って連れ立っていったわけのわからない現代劇は性的な含みのせりふが続いた。さすがにドナルドはそわそわしだした。キャリーもいたたまれない気持だったけれど、彼の当惑が高じるのを見てそのまま終幕まで席を立たなかった。

だがそんなことぐらいでは彼はひるまなかった。一カ月も続けるとキャリーはゲームにうんざりしはじめた。今夜の退屈なパーティーで打ち止め、という気持だった。今夜、送ってもらったらその場で、もう会いたくない、と言おうと思った。

それでも年配の人たちが帰っていってしまうと、パーティーはやっとくつろいだものにはなった。ドナルドも精いっぱいはしゃぐつもりになったのだろう、背が高くバストの豊かなブロンドと意気投合したようにダンスを踊っている。

この場にいなくてもドナルドは捜しはしないとわかってキャリーは左右に並ぶ部屋の一つに入った。そこは図書室だった。壁にはぎっしりと本が詰まり、パーティーの騒々しさはまるでよその世界の出来事のようだった。

書棚に並んでいるのはおおむね古典だった。いちばん好きな作品を手に取って、ぱらぱらとページをくる。

「どうやら避難の必要を感じたのはぼくだけではないようだな」太い男の声がした。

キャリーはぎくりとしてドアのほうを向いた。背の高い、ほとんど黒に近い褐色の髪をしたハンサムな人だった。仕立てのよいディナースーツがきわだっている。その人の暗灰色の目を見上げながら、こんなに目立つ人にどうしていままで気づかなかったのだろう、とキャリーは思った。

その人はドアを閉め、ゆっくりとした足取りで近づき、キャリーの手にしている本をちらっと見た。

「『ジェーン・エア』か。好きなの？」

とても深々とした快い声に誘われるようにキャリーは、「ええ」と答えた。どぎまぎしてしまって頬が染まる。「お読みになりました？」

その人はにこりとした。三十五歳ぐらいと思っていたが、笑顔になるととても若々しいし、真っ白な歯が日に焼けた顔にいっそうきわだってハンサムというよりはすごく魅力的な顔立ちになる。「『ジェーン・エア』は誰でも一度は読んだことがあるんじゃないかな」とその人は言った。

防御の楯《たて》にでもする感じにキャリーは本をかかえこんだ。「では、お読みになったことはあるというわけですね？」

「二度、読んだ」

「では、お好きなんですね」

「ロチェスターがジェーンに対してもうちょっと優しくしていたら、と思うな」彼は肩をすくめた。

「もちろんそうだったら、ジェーンは彼に夢中になったりはしなかったろうけどね。きみたち女は、普通でない男に熱を上げるらしいな」

ひとからげにされてキャリーはきっとなった。

「相手を選んで夢中になるというわけではありませんわ、男にしても女にしても。それにミスター・ロチェスターがジェーンに優しくなかったのは、気の違った奥さんのことがあったからです」

男はアームチェアの一つにゆったりと腰を下ろした。「そうだったら、ジェーンに熱を上げられているとわかった時点でジェーンを解雇すべきだったんだ」

キャリーの口元がゆがむ。「生身の人間にそんな自己犠牲は無理な話です」

男はしげしげとキャリーを見つめていてから言った。「けんかにならないうちに自己紹介をしておくよ。ぼくはローガン・キャリントン」口調はとてももの柔らかだった。

「キャリー・デイ」キャリーは声を抑えるようにして言った。

「きみの気分を悪くさせてしまったようだけど、そんなつもりはなかったんだ。よっぽど『ジェーン・エア』が気に入ってるんだね」

「ええ」と言ってから自分の熱っぽさがこっけいに思えてキャリーはため息をついた。「ごめんなさい。あなたは宗教や政治のことしか議論はなさらないんでしょうけど、わたしは本のことになると、つい……でも、人それぞれだと思いますけど」

「休戦するね？」

「します」キャリーははじめてにっこりと笑った。

彼は握手の手を差し出した。「あらためて仲直りだ」

ほんのちょっとためらってからキャリーは彼に手をあずけた。「そうしましょう」彼女の声はかすれた。

ほんのわずかな接触だったけれど、うずくような感覚が走りそうになったのでキャリーはあわてて手を引き、その手の持っていき場がないのを取りつくろうために書棚に本をもどした。向き直ると、彼がじっと見つめている。

「何かしみでもついてます？」男性にこんなふうに見つめられたことはなかったのでキャリーは挑むように言った。

ローガン・キャリントンはにっこりとした。目じりにしわが寄る。「そうじゃなくて、きみみたいな美人がどうしてパーティーをはずしてこんなところに逃げ出してきたのか、と思っていたんだよ」

「きっとあなたと理由は同じですわ」美人、と言われてキャリーの頬は燃え立っていた。

「まさかね」彼は顔をしかめた。「まさかきみも秘書の問題で悩んでいるというわけじゃないだろう」

「あら」彼女は笑い声をあげた。「秘書をしてるんですよ、わたしは」

「秘書だって？」ローガン・キャリントンの表情が動いた。

「とても働きがいのある仕事だと思っています」

「そう」

「あなたの秘書が無能だということなら……」

「そうじゃないんだ」彼は顔をしかめた。「仕事ぶりは申し分ないんだ」

　キャリーは手近の椅子に座った。「でも、秘書の問題とおっしゃったわ」

「新しい秘書なんだよ。いままでの人は子供ができたんで代わったんだけど……なんていうか……適当じゃないんだ」

　落ち着かなそうな表情でどんなことか察しがついた。「魅力的すぎる人、ということね？」ちょっとからかいをこめてキャリーは言った。

「そうなんだ」彼は口元をゆがめた。「だけどいままで秘書とは問題を起こしたことはない」

「だけど今度は、ということでしょう？」

　彼の目がせばめられる。「からかってるね？」

「わたしが？」キャリーは無心そうに目を大きく見開いた。「とんでもありませんわ」

「いや、そうにきまってる」彼はちらっとほほえんだ。

「それは、ちょっとは」彼女はほほえみ返した。

「で、きみがここへ逃げてきた理由は？」

「逃げてきたんじゃありません」キャリーはちょっ

とむっとした。「退屈で……それに疲れが出ただけです」

「疲れが出た？」彼は片方の眉をきゅっと上げた。

「このごろ、よく眠れなくて……もちろんあなたが想像しているような理由からではないわ」彼の目にちらっと表情が動いたのでキャリーはぴしゃりと言った。「歯が生えはじめるころの赤ちゃんがどんなにむずかるか、想像もつかないでしょう？」と彼女は声を高めた。

「きみの赤ちゃん？」

「もちろん違うわ！　わたしは結婚していません」

「結婚していなくて赤ちゃんがいても近ごろではおかしなことじゃないだろう」

「わたしはそうは思いませんわ」キャリーはつんとして言った。「隣の赤ちゃんなんです。とてもむずかって」

　マリリンはかわいそうに、この二週間、夜となく昼となくポールを抱いて部屋を行ったり来たりしている。フラットの壁は防音にはなっているが、赤ちゃんの泣き声は筒抜けなのだ。

「いまはいいクリームがあるはずだけどね」とローガン・キャリントンが言った。

　キャリーの目が大きく見開かれる。「使ってます。でも、そんなことをよくご存知ですね。お子様がいらっしゃるんですか？」

「結婚はしていない」彼もキャリーと同じ返事をした。

　それでは、奥さんのいる男性とこうしているわけではないのだわ！「では、姪《めい》御《ご》さんとか甥《おい》御《ご》さんとか？」

　彼は首を横に振った。「ぼくは一人っ子だよ。秘書に子供が生まれたんで辞めていったと言ったはずだけどね」

「それで歯のクリームのことをおききになったの

ね？」会社でボスにそんな話をするのかしら、とキャリーはいぶかった。

　彼はにやっと笑った。「毎晩、寝不足が続いている様子だね、とからかったせいさ」

「まあ！　男の方って必ずそうなんですね。そういうことさえ言っていればすむと思ってるのね！」意気ごんで言ったのがおかしいのか、彼はくすくす笑いだした。「得意になっているわけじゃないでしょうね」

「きみはウーマン・リブの一員なの？」

　そうです、と言おうかとも思ったけれどキャリーは正直に、「いいえ」と言った。「平等の機会を、という主張は当然だと思いますけど、でもわたしは女として扱われたいですわ」

「大事に庇護《ひご》されたい、ということ？」

「そういうことです」

「何かにつけてということだろう？」

「ええ」彼女の目がきらっと光る。

「男の一人として喜んで庇護する気持だよ、ぼくは。だけど、女にも自分の意志をはっきりと持ってもらいたいね。どっちかというと、男と女は相いれないわけだから」

「初対面なのに、そぐわない話をしていますわ、わたしたち」キャリーはふと、普通でない状態だと気づいた。たった十五分前に会ったばかりなのに、まるで十年来の友だちのような気ままな話をしている。ジェフとそうだったような遠慮のない口のきき方をしてしまっている。

「もっと普通じゃない話ができるよ、今週中にディナーをつきあってもらえれば」とローガンが太い声で言った。

　キャリーは思わずその気になった。でも、いくらこの人とは伸び伸びと振る舞えても、どんな人かわからないのだ。

「ぜひ、そうしたいな、キャリー」と彼は返事を急がせる。

彼女は立ち上がった。「パーティーにもどらなくては」

ローガンも立ち上がり、とても真剣な表情になった。「ディナーに誘いたいんだよ、キャリー」

誰にでもこんなことを言う人とは思えなかった。

「電話をくだされば……」

「番号を教えてもらおう」

ペンを走らせている彼をキャリーは見守っていた。逆らえないようなところがこの人にはある、と思いながら。

やがて彼は、すらりとしたしなやかな赤毛の女性と連れ立って帰っていった。いかにもむつまじそうに、耳元に何かをささやきながら。明日になればローガン・キャリントンはわたしのことなど思い出しもしないんだわ、とキャリーは目を光らした。

ドナルドはなんとなくうわの空で、これから会えなくなると言ってもぴんとこないようだった。この一カ月間、彼とつきあっていたのはスペンサー家の三人をやきもきさせるためだった、ということも憶測さえしていないに違いなかった。ビルに調べてもらったところでは、スペンサー・プラスチックの株式総会が来月開かれることになっている。さしあたってスペンサー家ではそのときを目安にしているに違いない、と思ってちょっとは不安だった。

フラットへ帰るとちょうど電話が鳴っていた。キャリーは走っていって受話器を取り上げた。

「はい？」息を切らしながら彼女は言った。

「キャリー？」

誰の声かはすぐわかった。「まあ、ローガン！いまは夜中の一時なんですよ」

「じゃまをしたかな」何も感じていないような声だった。

「言ったはずだわ。いまは夜中の……」

「一人きりかってきいたんだけど？」

「もちろん一人にきま……ローガン！」何をきかれているかに遅まきながら気づいてキャリーは声を高めた。

「しいっ。隣の人たちが目を覚ます」

「とっくに覚ましていますよ、こんな時間に電話が鳴り続ければ」とは言ったけれど、赤ちゃんが目を覚ました気配はない。

「電話をくれるように言ったはず……」

「でも、こんなにすぐ……こんな夜中とは……」

「善は急げ、だからね」

「お連れの方はどうなさったの？」

「ダニエル？」

「名前までは知りませんけど」

「いまごろはベッドでぐっすりだと思うけど？」

「どうして一緒じゃないんです？」

「どういうわけで一緒じゃないと思うの？」

「そんな……それでは、いまそこに？」キャリーはうろたえた。

「まさか」含み笑い。「一緒にいるのにほかの女に電話をかけさせるような女じゃない。で、きみの連れは？」

「急いで車を走らせているところだわ、ベッドでぐっすりやすむために」

「どうして一緒じゃない？」

「一人で寝る習慣ですから」キャリーはそっけなく言った。

「いつもの習慣？」

「もちろん！」

「だけどいつも一人で食べるというわけじゃないんだろう？」

「それはもちろん……」

「じゃあ、ディナーを、明日は？」

思わず乗せられてしまいそうになったが、「明日はだめです」とどうにかキャリーは言い、「デートの約束があるんです」と嘘《うそ》をついた。

「破ればいい」

「破る気なんてありません！」キャリーは思わず大きな声を出した。

「隣があるんだろう、キャリー？」

「隣なんてどうでも……」

「すごい鼻息だな。じゃあ、月曜日は？」

「月曜は……」

「火曜は？」

「火曜より……」

「水曜？」

「月曜なら、と言おうとしていたんです」木曜、と言われないうちにあわててキャリーは言った。月曜ならそれほど待ち遠しくはない、とちらっと思う。

「意外に日程があいてるんですね、あなたみたいな……」もてている人が、と言いかけてキャリーは口をつぐんだ。いまさらローガン・キャリントンを得意がらせることはない。

「ぼくみたいな、何？」やわらいだ声がそう促す。

「あなたみたいな……うぬぼれ屋にしては」

笑い声があがる。「きみのアドレスを教えてもらうよ、キャリー。そうしたらベッドに行かせてあげる」

キャリーは教えた。いつもこんなふうに言い寄るのかしら、と思いながら。とにかく彼女は圧倒されてしまっていた。

翌日マリリンとビルはビルの母親のところへ出かけたので、ローガン・キャリントンのことを話すチャンスがなかった。なくてよかったのかもしれない。ほとんど一目ぼれのようにして惹《ひ》かれてしまったというだけで自分自身にもうまく説明できないでいるのだから。一カ月の間、ドナルドとの気の抜けたようなおしゃべりが続いたあとだけに、ローガン・キャリントンのような人との打てば響くようなやりとりが刺激的だったということはあるかもしれない。なんとなくジェフに似ているとは思ったが、そんなふうに思うのは間違いにきまっている。ジェフはキャリーには別格の人なのだから。頭の回転が速くて話し方が機知にあふれているからといって、どうして比較などできるだろうか。

退勤してからドレスを買いに寄ったので、月曜は帰りが遅くなった。昼休みに美容院へ行って髪はセットしてもらってあった。黒いドレスを選んだのはダニエルを意識したせいだろうか。

だがマリリンとビルの血の気のない顔を見たとたんに、ドレスのことなどどうでもよくなった。ドアの鍵《かぎ》をまわす音を待っていたようにビルが隣のドアから現れたのだった。

「ちょっとマリリンのところへ行ってやってくれないかな」とビルは口早に言った。「ちょっと電話をしたいんだけど、彼女には聞かせたくないんだ。そのほうが……」

ただならぬこと、とキャリーはすぐ察した。「何があったの？　ポールに何か……」とまで言いかけてキャリーの喉は詰まった。

「ポールはなんともない。ただ、マリリンのお父さんが脳卒中で倒れたんだ。だけどどんな容態か、はっきりしないんだ」

「まあ！」

「マリリンのお母さんから五分前に電話があったんだけど、取り乱してしまっていてわけがわからないんだよ。病院へ直接電話してたしかめたいんだ」

「そうしなくてはね」キャリーはドレスの入った箱をドアの内側に入れ、すぐビルのあとを追った。

マリリンを引き寄せると、マリリンはしがみつくようにして泣きだした。

「とにかくひと安心だ」とビルがほっとしたように言った。「電話を切ってからずっとここに座ったきりだったんだ」

「ショックなのね」キャリーにはマリリンの気持はよくわかった。

「ぼくはベッドルームにいるから」と言ってビルは姿を消した。

「ああ、キャリー、キャリー」マリリンはむせび泣きながら言った。「まだ五十三なのに、そんな年じゃないのに」

「大丈夫よ」そう言って慰めるしかなかった。「発作で倒れたって治る人は大勢いるのよ」

「でも、よくないことは三度続くっていうわ」マリリンはヒステリックに言いつのる。「はじめはあなたのお母さん。それからジェフ。今度は……」

やがてビルがもどってきた。マリリンはひとしきり激しく泣いてからだいぶ落ち着きを取りもどしている。「容態は？」とキャリーはきいた。

「今夜さえ切り抜ければ大丈夫らしいんだ」

「らしい、というだけなの？」マリリンがむせびながらきく。

「それは請け合えはしないさ」ビルはマリリンのそばに座って引き寄せる。「どんな医者にだってそこまではできない」

「やっぱり行くわ。お父さんのそばにいてあげなくちゃいけないわ」マリリンはいたたまれないように立ち上がった。

キャリーはビルの腕に触れた。「一緒に行ってあげて」

「でも、ポールが……」

「ポールの面倒はわたしが見るわ。心配しないで」

感謝の色がビルの顔にひろがる。「どんなふうにお礼を言っていいか、本当に……」

「いいのよ。そのぶん、マリリンを大事にしてあげて」とキャリーは優しく言った。

　ポールの授乳と入浴をすませベッドに入れ終わってからやっと、ローガン・キャリントンとのデートの約束を思い出した。だがもう遅すぎる。

　電話帳で探したが、ローガン・キャリントンという名前はのっていない。連絡のつけようがない。八時に迎えにくることになっているから、その時まで待たなくては。でも迎えにこさせておいて断るなんて……。

3

　八時きっかりにキャリーのフラットのドアベルが鳴った。キャリーは駆け出すようにして廊下へ出た。

　二度目を鳴らそうとしていたローガンが振り向き、ジーンズ姿のキャリーを見て眉をひそめた。ポールを入浴させるために着替えたままなのだった。「きみのフラットは二十八号のはずじゃなかったのかな」と彼はいぶかしげに言った。

「ええ、二十八号。ああ、ローガン、残念ですけど今夜のデートは取りやめにしてください」彼の様子にぼうっとしながらキャリーはやっとそう言った。

　女にとっての危険人物というリストがあったら必ずのせなくてはならない人、ととっさに思った。ワインレッドのベルベットのジャケットの襟には真っ白なシャツがのぞき、黒いスラックスにはぴんと折り目が通っている。豊かな髪は無造作にかき上げられていて、その様子もなんとも好ましい。圧倒されるほどの魅力だった。デートが中止になってかえってよかった、とも思った。こんな人に近づいたら命取りになりかねない……。

ローガンの目がせばめられた。「どうして？」

「ポールの世話をしなくてはならないんです。ポールというのは……」

「入れてくれないかな、キャリー」彼女のあわてぶりをからかうようにローガンはさえぎった。「それからいきさつをゆっくり聞くよ」

気づいたときにはローガンをマリリンたちのフラットに入れ、事情を話しはじめていた。

「じゃあ、まだ食事前なんだね？」と彼がきいた。

「ええ、時間がなくて。なにしろポールがちゃんと食べてくれなかったので、それと……」

「おなかはすいてるんだろう？」と彼が目に笑みを含んできく。

「ぺこぺこなの」キャリーは正直に言った。ランチタイムを髪のセットに費やしたのでお昼を食べそびれてしまっていたのだった。

「そういうことなら、ディナーを一緒にしない手はないな」

「でも、ここを抜けられは……」

「ここでするのさ」彼は片方の眉をきゅっと上げた。

「それならいいだろう？」

「ええ」彼女はちょっと眉をひそめた。「わたしのフラットに行けばたしかステーキ用の肉が……」

「何を言ってるんだい、キャリー。手がふさがっているきみに料理をさせるつもりで言ったわけじゃないんだ。どうせロベルトへ行く予定だったんだから、ここへ運んでもらえばいいんだよ」

ロベルトはロンドンでは指折りの高級レストランなのだから、まさか出前などするわけがない、とキャリーは思った。「わたしはべつにお料理をしても……」

「料理はさせられない」彼はきっぱりと言った。

「でも、ロベルトは……」キャリーも言い張った。

「それなら、中華のほうが」

「ほんと？」

「ええ」思いがけないような彼の顔つきを見てキャリーはにっこりと笑った。「このフラットの二軒南に中華料理屋があるんですよ」

「目と鼻の先にあるっていうわけか。どうしたってひとっ走り行かなくちゃならないな」と彼は皮肉っぽく言った。

「お口に合わないということなら別ですけど」キャリーはわざと甘ったるい言い方をした。

ローガンはにこっとして、「そんなことはない」と言って立ち上がった。部屋がなんだか小さく見える。「中華料理はわざわざ食べにいくくらいだからね」

「まあ、おあつらえ向きね」キャリーは同じ口調を続けた。

「キャリー……」

「え？」彼女はちょっとどぎまぎして見上げた。

「このまま引き揚げていってほしいと思ってるの？」

一人きりでビルからの電話を待っていたくはなかった。母に死なれてからは身近な人が病気と聞くだけで神経がぴりぴりしてしまう。

「いいえ」キャリーは声をかすれさせた。

「よかった」ローガンの声もかすれていた。「ドアまで来てくれないの？」

ドアまでは五歩もないのだから奇妙な要求には違いなかったけれど、キャリーは立ち上がった。ローガンはドアへ向かわずにキャリーに近づいた。

「この二、三日、ずっときみのことを思っていたんだ」とそっと言ってキャリーの顎を包みこむ。

「覚えていたよりもずっときれいだ」とつぶやくように言ってから彼は優しくキャリーの唇を求めた。優しいけれどとても巧みなキスだったのでキャリーも応《こた》えないわけにはいかなかった。

ぼうっとなりながら彼を見上げた。ジーンズ姿なのにきれいだというのはどういうことだろう……。

「すぐもどってくるよ。何が好物？」

「すぶた」とキャリーは即座に答えた。

彼は気持のよさそうな笑い声をあげた。「好きだよ、そういうふうに自分の好みがはっきりある人って」

「そう？」

「うん」彼はキャリーの頬にそっと触れた。「すぐもどってくる」

ジェフがいたころにはその店からよく出前を取っていたので、待たせない店だということはよく知っていた。キャリーは自分のフラットに駆けこんで、明るい茶色のブラウスに着替え、メーキャップを直した。

もどってきたローガンは目を見張るようにしてキャリーの変貌《へんぼう》ぶりを見つめたが、キャリーは彼の目つきは無視して紙袋から料理を取り出し、テーブルの銀のトレイに並べた。

ローガンはジャケットを脱いだ。真っ白なシャツに包まれた広々とした肩やそげたようなウエストがいっそうたくましい感じに視界をふさぐ。キャリーはあわてて目をそらした。

「掛けるわ」と言って彼女は手を伸ばした。

「ありがとう」彼がジャケットを手渡す。

手が触れたのでキャリーはあわてて離れた。彼がいぶかしげな顔つきをするのを目にしてキャリーの頬に血が上った。

二人は黙々と食事をした。ローガンはワインも買ってきてくれていた。こんなデートになるなどとローガンは思いもしなかったろう、と思うと自然に微笑が浮かんだ。

「何かおかしなことでも？」

ローガンの声に目を上げると、彼はもう食事をすませ、椅子にゆったりと背をあずけてまじまじとキャリーを見つめている。「べつにおかしなことでは……」キャリーは気後れを感じながら答えた。

「そう？」

「こんなふうな……夕食をなさることはないんじゃないかと思っていたんです」思っていたことをそう言い直せたが、キャリーの頬は染まった。

「毎晩、高級レストランで食事をしているわけじゃないんだよ」彼は真顔で言った。

なんだか別の話になってしまったと思ったが、「すみません……」と素直に謝って弁解しようとしたとき、悲鳴のような赤ちゃんの泣き声があがった。

「ポール！　ごめんなさい」と言ってキャリーはあわてて子供部屋へ駆け出した。

ポールはベビーベッドに立ち上がって泣き叫んでいる。「なんともないでしょう、ダーリン？」と抱き上げてあやした。

おむつも替えたし歯ぐきにクリームもぬったのに、泣きやむどころではなかった。どうしたらいいかあわてはじめたときにローガンが入ってきた。

「どうした？」と彼はきいたが、ローガンの様子は子供部屋にはまったくそぐわない。

キャリーはいらいらしながら言った。「それがわかっていれば何も……」

「わかった、わかった」彼はぞんざいにさえぎった。

「わかっていれば苦労はしないって言いたいんだろう？」

「そのとおりよ」キャリーは言い返すように答えた。

「抱かせてごらん」

キャリーはポールを抱き締めた。「この子は人見知りするの」

「ぶったりしようっていうんじゃないんだ」

「あなたがそんなことをするなんて誰も思ったりはしないわ！」

「だったら抱かせなさい」

驚いたことにポールはローガンに抱かれるとすぐ泣きやみ、小さな手を彼の首に巻きつけるようにして彼の肩にぐったりともたれかかった。〝動物と子供はだませない〟ということわざがあるのをキャリーはふっと思った。

ローガンがこう言ってポールをあやした。「こうやってキャリーを夜中、寝かさないんだね、きみは。ぼくとしてはもっと大人の仕方できみと張り合うつもりだよ、こんなふうにじゃなくて」

「ローガン！」とキャリーはたしなめた。

彼はくすくす笑った。「この子には意味がわかりはしないさ」

「でもわたしにはわかるわ」キャリーは赤くなりながら言った。

「きみは食事をすませてしまったらどう？　ポールとはまだ男と男の話があるからね」にやりとしながらローガンは言った。

間もなくローガンがそっと子供部屋を出てきた。キャリーは目を見張った。「寝たの？」

「寝たよ」

「どうやって？　マリリンはそれこそ一晩中、ポールを抱いて部屋を行ったり来たりしてるのよ」

ローガンは長々と脚を投げ出して座った。「そうされるのが嫌いだからじゃないかな。ロッキングチェアに座って彼に話しかけていただけなんだ」

「まあ」

「ほかの男が美人とデートするのをじゃまするのは行儀が悪いって言ったのさ。そんなことをするのはもっと先まで待つようにって」

「まあ！」キャリーはぽっと頬を染めた。

ローガンは肩をすくめた。「彼にはよくわかったんだよ。だからすぐすやすやと……」そう言いながら彼は立ち上がり、キャリーに近づいた。

キャリーはひるみながらきいた。「何か……デザートでも持ってきましょうか？　わたしのフラットに行けば果物がありますから。それとも……」

「きみがいい」そっと彼が言った。

「わたしが？」キャリーはごくりとつばをのみこんだ。

「デザートにはきみが欲しい」うろたえているキャリーに彼がにっこりと笑いかける。「きみのひとかけらでもいい」

ひとかけらってなんのこと、と言い返そうとしたがもう遅かった。ローガンはキャリーが腰を下ろしているアームチェアに割りこむように座り、キャリーの顎を優しく包みこむようにして唇を求めた。キスははじめは羽がさわるようだったが、しだいに熱っぽいものになり、キャリーはたちまち慎みをなくした。

彼のキスはやがてキャリーの喉元に移り、ブラウスからのぞいている胸のくぼみを優しく襲い、再び唇にもどった。

ずっと知っている人、という気がしていた。彼のキスや愛撫《あいぶ》にずっとなじんでいるという気が。だが実際は名前しか知らないと言ってもいい。あらためてそう気づいてキャリーは体を離した。

しぶしぶのように抱擁を解いたローガンはかすんだようになった目でキャリーの目をじっとのぞきこんだ。「キャリー？……」キャリーの指が乱したのだろう、彼の髪はくしゃくしゃになり、シャツのボタンは二つもはずれている。

「なんだか……いきなりすぎるわ」キャリーは赤くなった。「あなたのことをよく知らないのよ、まだ」

彼の目がせばめられる。「知る必要がある？」

「ええ」

「いいだろう」彼はため息をついた。「ぼくもきみのことをもっと知っておきたいわけだからね。まず姿勢を楽にしてからだ」

そう言うより先にローガンは椅子の中で座り直してキャリーを膝の上に腰かけさせ、彼女のウエストをすっぽりと包みこんだ。

「これが姿勢を楽にすることなの？」とまどいながらキャリーは言った。

ローガンがにやっとして見上げる。彼の目はキャリーの胸元の高さにある。「楽じゃないとでも？」

「でも、あなたには……」

「きみには楽だろう？」

いいえと言わなくては、と思ったけれどたしかにこれ以上の居心地のよさはなかった。アフターシェーブ・ローションの香りがとてもすがすがしい。自分をとても小さく感じたし、すっぽりと保護されている気がした。だがすぐ、ほかの人にもこうしたことがあるに違いない、という思いがこみあげる。

「ダニエルとは相変わらず会ってるんでしょう？」とキャリーはきいた。

「その他大勢の一人じゃないかと自分のことを思ってるわけ？」彼はからかうようにきいた。

「そうなんでしょう？」

「いや」彼はにっこり笑った。「もう年がいきすぎているから、二人の女と同時にうまくやろうなどということは面倒になった。ダニエルには土曜日に、これからはもう会わないと言ったんだよ」

年がいきすぎている、という言い方にキャリーは目をきらっとさせた。「そんなに年？」と今度はキャリーがからかった。

「三十五だ。まさか、三十以上の男とはつきあわない、なんてきめてるわけじゃないだろうね？」

「まさか」彼女は笑った。「そんなことときめてないわ」

「ぼくのほうはそうしてた」

キャリーは皮肉っぽい口元になった。「三十以上の男とは、ということ？」

「口だけは達者だな」彼が響きのよい笑い声をあげる。「二十五以下の女とはつきあわない、ということさ。きみは、下だろう？」

「ちょっと」

「ちょっとって？」

「三つだけ」

「二十二か！」彼はうめくように言って目を閉じた。

キャリーは眉をひそめた。「気にさわった？」

彼は肩をすくめた。「気にさわるなんていうことじゃない」

「でも、そうなんでしょう？」

キャリーのウエストにまわされた腕に力が入る。

「きみさえ気にしなければ、ということさ。そのことが気になったんだよ」

「わたしは気になんかしないわ」

「そう言ってくれれば、と思っていたんだ」彼の唇がキャリーの喉元をそっと動く。「何を知りたい、ぼくのことで？」

「わたしはただあなたとこうして……」

「そのことはわかってるよ。知りたいのはほかのことのはずだろう、キャリー？」

まぜ返されたのでキャリーは彼をにらむようにした。「あなたは一人きりじゃないんでしょう？」

「残念だけど、家族はいる」

「ローガン！」

「気にさわった？」彼は含み声で笑った。「母がいるけど、母は残念という内には入らない。我慢がならない叔父と叔母といとこがいる、ということだ。母は言うことなしの人だよ。最近は結婚話を持ちこむようになって少々うるさいけどね」

「きっとお孫さんを待ってらっしゃるのね」そう言ってしまってからキャリーは顔を赤くした。はじめてのデートにふさわしい話題ではない、と気づいて。

「そうだと思うよ」彼はあっさりと言った。「だけどそれにはまず妻をもらわなくてはならないということさ、母を幻滅させるようなね」

キャリーの目が大きく見開かれる。「結婚はしないつもりなの？」

彼はため息をついて、真顔になった。「いつかはしなくてはならないと思ってるさ」

「しなくてはならないって？」

「うん。同族会社だから後継者は必要なんだ。いとこに何もかもを差し上げるはめになるのだけはいやだ」

「嫌いなのね、そのいとこという人が？」

「大ばかなんだ」

「ローガン！」ずばりとひどい評価がくだされたのでキャリーはかえって笑った。

「本当なんだよ。親に押さえつけられているだけの男なんだ」

ドナルドみたい、ということだろうか。「わかるわ」とキャリーは言った。

ローガンの眉が上がる。「身につまされるわけ？」

「いいえ」キャリーはほほえんだ。「知っているだけ、そういう人を。わたしはとても幸せだったし、素敵な両親だったわ」

「だった？」

「二人とも亡くなりました」

「つらいな、それは」と彼は言った。

「会社っておっしゃいましたね？……どんな？」キ

ャリーは話をそらすようにそうきいた。

彼は疑うような目つきになった。「見当もついてない？」

「全然。キャリントンって……まさか……キャリントン化粧品？」

「一度であたるとは、いい勘だ」

知らなかったはずはない、とでも言いたそうな彼の口ぶりは気になったが、この人がプレイボーイでならしているあのローガン・キャリントン、と思いあたってキャリーはびっくりしていた。ダニエルのこともなんとなく見知っている気がしていたはずだった。キャリントン社の新しい香水〝パッション〟の宣伝でポスターやテレビに出ている人なのだ。キャリー自身もその〝パッション〟をマリリンの誕生祝いに贈ったばかりだった。

キャリーは彼の腕を振りほどいて部屋の向こう端へ離れた。ローガンがじっと見守っている。

「本当に知らなかったようだね」と彼が静かな口調で言った。やってきたときのような寸分のすきもない様子ではなくなっているだけに、キャリーはいっそう圧倒されてしまっていた。

キャリーはため息をついた。「ええ……あなたの鼻を折るようですけど」

「すまなかった、キャリー。ぼくはてっきり……」

「わたしが惹《ひ》かれたのはキャリントン社のオーナーで、ローガン・キャリントンという人ではない……そう思っていたということね」キャリーは先を越してそう言った。

彼は立ち上がった。「だから間違っていたって……」

「大間違いだわ！」キャリーは声を高めた。「親しかった人がよく言ってたわ、財産は人間を作らないって」

ローガンはかちんときた様子だった。「たしかにその人は鋭い女性かもしれないけど……」

「女性じゃありません」ぴしゃりとキャリーは言った。「今晩、やっと彼が言った意味がわかりました」ジェフはそのことが身にしみていたのだ、ということもわかった気がした。ジェフもローガン・キャリントンのようにお金の威光を借りて気ままなだらしない生活を送るようになったかもしれないのだ。でもジェフはそんな威光など借りずにあんな立派な人になった。そのジェフにこのローガン・キャリントンがなんとなく似ているような気がしていたなんて！「出ていっていただきたいわ」そっけなくキャリーは言った。

「キャリー……」

「どうぞ」彼女は首を振りながら言った。「その人は、お金は人をゆがめるとも言っていました。どうやら例外はなさそうですわ」

ローガンの顔にも腹立ちがむき出しになった。

「お互いに誤解していたようだな」と言って彼はひったくるようにジャケットを取り上げた。「きみがそんな女だとは思いもしなかったよ、間違ったものの見方にあっさりと左右されるような女だとは」

「わたしはそんな……」

「そんな女じゃないとでも？」彼は荒っぽい動作でジャケットを着た。「そんなことを言うのは髪を長くしたマルクス主義のいなか者にきまってるんだ。よくもそんなやつの……」

「わたしはなにも……」

「たしかにぼくには金がある。その金は愚にもつかない仕事で稼いだものだ。その上に愚にもつかないことを繰り返しているかもしれない。そのことは自分でちゃんと承知してるんだ。だからなおさらのこと、きみみたいなくちばしの黄色い女にきめつけられて、ごもっともですと言うわけにはいかない」ローガンの頬は紅潮し、目は冷たく光っている。

「わたしにはそんなつもりは……」キャリーはいまはうろたえてしまっていた。

「いまさら何を弁解しようっていうんだ。そのロングヘアの友人のところへもどればいいんだ。こっちも今度は気をつけるよ、感じやすい年ごろの女の子には近づかないように」

「ローガン……」

「失礼した、キャリー」

彼がばたんとドアを閉めたせいでポールが目を覚ました。だがローガンの言ったとおりだった。ロッキングチェアで揺すりながらささやきかけているうちに、ポールはまたすやすやと眠りこんだ。キャリーはそっと子供部屋を抜け出した。

フラットは異様にわびしい感じがした。ローガンのつけていたアフターシェーブ・ローションの香りがわびしさをいっそうつのらせる。

キャリーはソファに座りこんだ。彼にはもう二度と会えないと思うとたまらなかった。後悔と自嘲《じちょう》で自分を責めているうちにうとうとしたらしい。ビルからの電話がかかった。病人の容態には変化がないということだった。

全身の痛さに目が覚めてソファをはい出たのは朝の七時だった。ポールがすぐ目を覚ましてむずかりだした。

やはり両親がいなくてはだめなのかもしれないと途方に暮れているところへビルが帰ってきた。キャリーはやっと泣きやんだポールの口にオートミールを運びながらビルの話に耳を傾けた。

「どうやら危機は脱したらしいんだけど、医者からそう聞いたとたんにマリリンのお母さんが倒れてしまってね。しばらくの間お母さんと暮らしてあげなくてはってマリリンは言うんだ。ぼくもそうするのが最善だとは思うんだ」

「そうね」キャリーはうなずいた。「でも寂しくなるわ」

「そう長く続かないといいんだけどね。いつまでそうしていたらいいか」ビルは沈んだ調子で言った。

「そんな長くじゃなくてすむわよ」ビルとマリリンのお母さんが反りが合わないことを知っているのでキャリーはそう言った。「クリスマスに間に合うといいわ。ポールにははじめてと言ってもいいですものね。去年はまだ小さすぎたんですもの」

「五週間か、クリスマスまで。そんなにいなくてはならないと思う？」

「そうじゃないといいけど」キャリーはほほえんだ。

ビルはキャリーを見つめた。「ゆうべは怖い思いをしたわけじゃないだろうね？」

キャリーはオートミールをポールの口に運ぶのに余念がない様子をつくろった。「べつになんともなかったわ」ローガンが来たことを話したらいろいろと説明しなくてはならなくなる、とキャリーは判断した。

「ポールは手こずらせなかった？」

「ええ。それがね……」覚えたてのポールを寝かしつけるこつをキャリーは話しだした。

「なるほどね、マリリンに教えておくよ」ビルはうわの空の返事をした。「ところで、ポールのものを詰めてもらえないかな。ぼくはマリリンと二人のものを詰めてしまいたいんだ。今日はもちろん勤めだろう？」

「もちろんよ。すっかり忘れていたわ」

「まあ、スペンサー・プラスチックのいまの業績が続く限り、きみはその気になったら勤めに出なくてもよくなるわけだけどね。きみが言ったとおり、サー・チャールスは絵に描いたような俗物だったよ。はじめはぼくに会おうとしなかったんだけど、きみの弁護士だと秘書に言ったら、へつらうみたいに控え室までやってきてね」ビルは愉快そうに笑った。

「こっちは精いっぱい頭《ず》を高くしていた」

「さすがね」キャリーは笑いながらポールを椅子から抱き上げ、バスルームへ運んだ。

ビルもやってきてポールの洗面や歯みがきに手を貸してくれながら言った。「いまきみのための報告書を作っているところなんだけど、ちょっと遅れそうだ」

「株主総会は三週間後なんですもの、それまでに間に合えばいいんでしょう？」

「株式総会っていっても、三人だけなんだ。サー・チャールスと彼の妹さんときみだから、延期を申しこむことだってできる。とにかく会社の実情を残らずきみに知ってもらった上で出てもらいたいからね」

サー・チャールスに平身低頭して頼むなんてとんでもない、と思った。「どうしても間に合わないの？」

「いや、そんなことはない。間に合わせるようにするから心配しないでほしいな。それに、株式総会には一緒に出るつもりだからね」

「ありがとう、ビル」キャリーはほっとした。「すぐ着替えをさせて荷造りするわ。よかったわね、ポールちゃん、おばあちゃまと一緒で」

「でも、そう長くいるわけじゃない」ビルはぶつぶつ言いながらベッドルームへ入っていった。

キャリーはくすくす笑ったけれど、ポールを乗せたビルの車が遠ざかっていくときには笑顔は消えていた。当分の間ビルとマリリンが隣にいなくなるのかと思うだけで心細い。

ローガンにおわびの電話をしよう、と心にきめていた。だが広告代理店のマネージャーの個人秘書という仕事はいまは殺人的な忙しさなので、電話をする暇がない。

「なんだかやつれて見えるな」先にランチをすませ

るようにキャリーに言いながら、ボスが目に笑みをにじませた。「よっぽど夜が遅かったんだね」

ボスのそういうからかいには慣れているのでぴしゃりと撃退してから、ボスがオフィスを出ていくのを待ってくずおれるように椅子に腰を下ろした。寝不足の疲れが急に出た気がする。

でもこんなふうにへこたれている場合ではない。せっかくローガン・キャリントンに電話する絶好の機会ができたのだから……キャリントン社の番号は電話帳ですぐ探せたけれど、ローガンとは話せなかった。彼の秘書がローガンの話していたとおり無能ではない証拠、ということなのだろう。彼のオフィスへつなぐことは断られ、キャリーから電話があったという伝言を伝えておくと言われただけだった。

わたしの電話をわびのしるしと取ってくれれば必ず電話をかけてくれる、とキャリーは思ったが、ランチに出かけるときになってもかかってこなかった。午後もずっと待ったが時間はむなしく過ぎていくだけだった。

母は口ぐせのように、どんないさかいをしてもお日様が顔を出せば消し飛んでしまう、と言っていた。でもいまは朝どころか、そろそろお日様が姿を隠そうとしている。

四時半に勇気をふるい起こしてまた電話をした。今度はローガンはオフィスにはいないと言われてしまった。伝言はちゃんと伝えたということだった。

残業で遅くまで忙しくしていなくてはならなかったのがせめてものことだった。だが体の疲れに胸のつかえが重なって、タイプを打つ手も思うように動かない。こんなに彼のことが好きなのに、彼にも好かれていると思っていたのに……そう思ったのは間違いだろうか。あんな些細《ささい》ないさかいで気持が離れる程度だったのだろうか。

「そのくらいにしておいたらどうだね?」とボスの

マイクが椅子に背をあずけてため息をついた。「明日の朝、打ってくれれば間に合うんだからね、キャリー」

「そうします」キャリーの気力ももう限界だった。

彼は腕時計を見た。「デートの時間に遅らせてしまったようだな」

キャリーはわびしい顔つきになって首を振った。

「デートはないんです」

「あるじゃないか」

「いいえ」

「やっ、しまった！」ボスは書類の束をかきまわして、一枚のメモを手にした。「きみがランチに行っている間にこの伝言があったんだ。ついうっかりしてしまって」

キャリーはむさぼるように読んだ。だがすぐ眉をひそめて目を上げた。「八時にロベルトって書いてあるだけですけど」

「言われたままを書いただけなんだけどね」マイクは肩をすくめた。「忙しいのでまた電話できるかどうか、とも言っていたな」

「名乗ったんでしょう、マイク？」たしかめるまでは、と思ってキャリーはこみあげるうれしさを抑えた。

「わかると思って書き留めておかなかったんだ。覚えていないな。なにしろ、秘書のデートの伝言を取り次いだことはないんでね」

キャリーは赤くなった。「すみません。でも、なんとか思い出していただけません？」万一、ローガンでなかったら……。

「たしか、Mではじまったな……マルコム……モーガン……そうだ、思い出した」マイクはにっこりした。「ローガンだ。いいんだろう？」

「ええ、もちろん！」キャリーは躍り上がるようにして立ち上がった。「ありがとう、マイク。本当にありがとう」

「特別の人のようだね、え？」

「ええ」キャリーははにかみ笑いを浮かべた。「ちょっと言い合いをしてしまって……」

「容赦ないタイプの人のようだね」

「ええ」キャリーはうなずいた。

「きみもあっさりとは引きさがらない、ということか。キャリー、きみの大喜びに水を差すようだけど、もう七時半だよ。ロベルトはロンドンの向こう端だ」

「ほんと！　家にもどって着替えをしなくては。でも時間がないわ」

「そうすればいいさ。帰ればいい。ただし、運転に気をつけてね。わたしがロベルトに電話をしてそのローガンという人に、ちょっと遅れるからと言っておいてあげよう」

「ほんとに？」

「本当だとも」マイクは笑った。「わたしのせいなんだ。さあ、急いだ、急いだ……だけど気をつけるんだぞ」

　道路はこみ合っていて、信号待ちもいつもより多い気がした。しかもこんなときに限ってフラットのエレベーターが故障中だったので、階段を七階まで駆け上がらなくてはならなかった。フラットへ飛びこむと電話が鳴っていた。マリリンからだった。たっぷり十分間も友人を慰めるのに使った。友人の父親が生死の境にいるということに比べたら、デートに遅れることなど、たとえ相手がローガンでも、ものの数ではなかった。

　シャワーのお湯はなかなか温かくならなかったし、着ていくつもりのドレスにはしみがついていた。イブニングをたくさん持っているわけではない。ローガンと出会ったときに着ていた茶色のベルベットのドレスにしないわけにはいかなかった。念入りな化粧をしたかったけれど、もう八時十五分をまわっていた。ローガンが気の長い人ではないということはもう証明ずみなのだ。

道路は相変わらずこんでいた。レストランに着いたときには、ローガンはしびれを切らして帰ってしまったに違いないと思えて、キャリーはパニック状態になっていた。女に待たされて一時間もつくねんとしている人とは思えない。たとえマイクが電話をしてくれていても。昨夜あんな帰り方をした人なのだから。

ドアマンの取りつく島もないような格式ばった様子を目にしただけで気後れを感じたし、ローガンはいないという思いは強まった。

「いらっしゃいませ」ためらっているキャリーにドアマンが近づいてきた。

「あの……ちょっと遅れてしまって……ミスター・キャリントンと待ち合わせなんですが」

「ミスター・キャリントン？」彼の態度はがらりと変わり、うやうやしくなった。「ミスター・ローガン・キャリントン？」

お金の力を見せつけられた気がした。「ええ。もしかして……」

「で、あなた様はミス・デイ？　ミス・キャリー・デイ？」

キャリーは目を見張った。「わたしの名前をどうして？」

「ミスター・キャリントンからうかがっておりますから。どうぞ、お入りください」

「では、ミスター・キャリントンはまだ帰っては？」

「はい。こちらでディナーをご一緒なさるとうかがっておりますが」

まさに極めつきのエリートたちのための店だった。左手のバーでは何人もの人たちがディナー前やディナー後の飲み物を手にしている。女性たちはダイヤモンドをきらめかし、男性たちは寸分のすきもないスーツに身を包んでゆったりとくつろぎ、葉巻の煙が天井の辺りにただよっている。こういうところがローガンのくつろぎの場所なのだとしたら、わたしはとうてい……。

ローガンの姿を目にしたとたん、ダイヤモンドや贅沢《ぜいたく》さへの反感はどうでもよくなった。彼はバーの椅子を立ってこちらへ近づいてくる。黒のディナースーツ姿で、真っ白なシャツが髪の色や日に焼けた顔をいっそうきわだたせている。

「キャリー！」彼はキャリーの両手をしっかりと握り締めた。心のこもった目がじっと見つめる。

「ローガン……」彼の目に見入りながら、この人を愛してしまった、とはっきりと思った。そう思ったことでどぎまぎしてしまって頬にかっと血が上る。

「ごめんなさい、遅れてしまって。マイクが電話をしてくれるって……」

「もらったよ」

「とてもひどかったの。彼はあなたから伝言があったことを忘れてしまうし。交通信号はわたしを目の敵にするみたいだったし、エレベーターは故障だし、ドレスにはしみがあるし、それに……」

「しっ」ローガンはキャリーの唇にそっと指を置いた。「だけどこうしてここにいるじゃないか。それだけでいいんだ」

「ええ」もっとましなことが言えたら、と思ったけれどうまく声が出ない。ローガンの言い方も目つきもしぐさも、たしかに恋の甘さに酔っている男のものだった。

4

　どのくらいの間そうして見つめ合っていたろうか。やがてローガンが魔法にかかったような状態を解いた。「すぐ食事にする？　それともまず飲み物にする？　ただ言っておくけど、ぼくはもう一時間もこのバーにいたんだよ」

　キャリーは笑った。緊張が解けて、昨日の今日という気はもうしない。「だったら、食事にしたほうがいいわね。酔っぱらってここからつまみ出されるのは不名誉なことですものね」

　キャリーがウエイターにコートを渡すのを待ちかねたようにローガンはキャリーの腕をぐいとつかんだ。「酔っぱらいはしないさ、ワインになんて。ぼくが酔うのは……言うまでもないだろう、キャリー？」

　キャリーはごくりとつばをのみこんだ。「ええ」声をかすれさせて彼女はそう言った。

　ローガンの腕がウエストにまわる。ぴったりと引き寄せられながらテーブルへ向かった。「だと思ったよ」

　メニューなどどうでもよかった。料理選びはまかせてキャリーはうっとりとローガンを見つめた。

「友だちのお父さんの具合は？」注文をすませると彼はそうきいた。

「症状はよくなっているんですって。そのことも遅れた理由の一つなの。ちょうど帰ったときにマリリンから電話があって、それで……」

　ローガンは響きのいい声をあげて笑い、テーブル越しにキャリーの手を取った。「よくよく遅れるようにできていたわけだね」

「ええ」キャリーは笑顔になったが、笑みはすぐ彼女の顔から消えた。「ゆうべのこともおわびしなくてはと思って……」

「いや」と彼は打ち消した。「もうずいぶん長い間こちこち頭の連中から、この国に必要なのは虚業じゃないって言われ続けてきたんだ。きみの言いぶりに過剰反応してしまって、日ごろのうっぷんをきみに向けてしまったわけだから、謝らなくてはならないのはぼくのほうなんだ」

「そんな……」

「いや、そうだとも。それに今夜も迎えにいけたらよかったのに悪かったと思ってるんだよ。お家の大事でロンドンを離れなくてはならなかったんでね。もどってきたときには遅すぎた」

「まさかお母様に何か……？」

「いや、母はすこぶる元気だ。一族の三人のことさ。でもその話はやめよう」彼は我慢ができないように言った。「彼らのことを思い浮かべただけで腹が立ってくる」

「二十二の小娘とデートとしている、と思ったせいじゃなくて？」

「言っておくけど、いまのきみの年より一日でも年上だったら、なんて望みはしない。もちろん一日でも下だったらなおいやだけどね」

キャリーは笑った。「かわいそうなローガン！」

「幸せなローガン、さ」と彼は言った。「ところで、秘書はきみの電話をぼくに取り次ごうとしなかっただろう？」

「べつに特別なことではないでしょう？　わたしが誰か知らなかったんだし……」

「もう知ってるさ。これからはぼくの電話に直接かけてもらうよ」

キャリーはからかいをこめた目つきになった。

「また電話するとでも思ってるの？」

「するとも」ローガンもわざと怖い顔つきをした。「これからは毎日、かけてもらう」

キャリーの胸は幸せに震えた。「ボスがいい顔をしません」

「だったら、ぼくのほうからかける」

「毎日、何を話したらいいの？」

「夜はどう過ごすかということさ」

「ローガン！」キャリーは笑い声をあげた。「毎日、電話をかけてくることも、毎晩、会うことも、だめだわ」

「どうして？」

「だって……」

「きみを失いたくないんだよ、キャリー」ローガンは真剣そのものの顔つきになっている。「きみに出会ったとたんに特別なものを感じたんだ。その特別なものがなんなのか、探ってみたいんだ」

「わたしだって同じ気持よ」キャリーは声をかすれさせてそう言った。

それからの時間はキャリーには目のくらむ思いの連続だった。ありとあらゆることを話し合い、本の好みも音楽の好みも、バレエ好きだということも共通していることがわかった。

「母がロンドンに出てくるときにはいつも連れていくんだよ」キャリーのフラットへの帰り道でローガンがそう言った。「きみたち二人を連れていけるな。来月はフェスティバル・バレエの公演があるはずだ」

キャリーは大きく目を見開いた。母親にわたしを引き合わすというのは、それだけこの人の気持が真剣な証拠！　ディナーを一緒にしただけでもいままでに過ごした夜の中でいちばん楽しい時間だったというのに、この人とはもっとずっと長い間、一緒に過ごせるかもしれない！……彼が話しかけているのにキャリーはふっと気づいた。

「あの……ごめんなさい」

「目を開いたまま眠るの？」彼の顔には温かな微笑が浮かんでいる。「母は〝白鳥の湖〟が大好きだって言ったんだよ。チケットを買っておいてもいいね？」

「公演はどのくらい続くの？」

「二週間だよ。何かあるの？」彼が眉をひそめる。

「そのときまであなたに会っているかどうか、と思っていたの」キャリーはちらっとローガンをにらんだ。「あなたのことを雑誌で読んだことがあるわ。ガールフレンドとのつきあいは四週間を越えないという平均値が出ているんですってね」

ローガンの口元がゆがむ。「三十過ぎてからは二カ月に延びてるよ」

「だったらチケットを手に入れて。大丈夫そうですもの」

「待てないな、きみのフラットに着くまで」小声で彼が言った。

キャリーは目を見開いた。「もうわたしを追い払う算段？」

「そうじゃないさ」ローガンが顔をしかめる。

「だったらなんの……まあ！」愛撫《あいぶ》するような彼の視線の意味を悟ってキャリーは頬を染めた。「わかったわ」

「だろう？」彼が含み声で笑った。

「いじめてばっかり」

「きみがいじめるからだ。まあ、悪い気分じゃないけどね。だけど、キャリー、いまのはきみの取り違えだよ」

「取り違え？」キャリーは眉をひそめた。

彼の手が伸びてきてキャリーの両手を包みこむ。

「二カ月どころか、ずっとぼくといることになるからね」

「わたしが？」キャリーは息をのんだ。

「その気はあるじゃないか」

「でも……納得させてもらえなくては」

「納得させるつもりさ」ローガンはかすれ声で言った。「だからきみのフラットまで待てないって言ったのさ」

エレベーターにはまだ〝故障中〟の札が下がっていた。「怠け者だわ、イギリスの労働者って」とキャリーは不平を言った。

「このぐらいのことで悲鳴をあげるの？」とローガンがからかう。「下には下があるじゃないか。きみより上の階の人たちはもっと大変だ」

「上には上だわね、それを言うなら。十五階ですもの」

七階まで上がってもローガンは息一つ切らさないのに、キャリーはほとんどあえいでいた。

「体の調子のせいだろう」と言って彼はキャリーの手から鍵《かぎ》を取ってドアを開け、明かりをつけた。

「素敵な部屋だ」ローガンはすっきりとした内装が気に入ったようだった。

「ありがとう」キャリーは電気ストーブをつけにいく。「でもわたしの体調が悪いんじゃなくて、今夜は一度、上り下りをしているからだわ」

「ここへ来て息を静めることだな、キャリー」ソファに座りながら彼はキャリーを引き寄せた。

「コーヒーでもと思っていたのに。それともアルコールにしましょうか？　それとも……」

「きみがいい」

キャリーはごくりとつばをのみこんだ。「だめ、わたしはだめ。言ったはずだわ、一人で寝る習慣だって」

「たしかに聞いたよ。だから、きみと寝ようなんていうつもりはこれっぽっちもない」彼はなんとなくよそよそしい感じになった。キャリーの手を放して立ち上がる。

「ローガン、ごめんなさい……」

「たしかにぼくはとやかく言われている」彼はキャリーの前を行ったり来たりしはじめた。「でもいままではきみと出会ってはいなかった。きみには信じられないだろうけど、ゆうべあんなふうにここを出ていってしまってからろくろく眠れなかったんだ」

「わたしもそうだったわ」キャリーは小声で言った。

「あの土曜の夜以来、きみのことしか頭になかった、ということは？」

「わたしだって……」

「出会ってからこんなに日が浅いのに、キャリー」彼はソファに座り、キャリーを抱き寄せた。「きみが特別な人に思えるんだ」

「ええ」

「やっぱりきみも同じ気持？」

「ええ」

彼は眉を寄せて首を振った。「なんだか自分の気持が本当にならないんだ」

キャリーは彼の頬にそっと手を触れた。いぶかる気持がわかる気がした。「素直に受け入れたら？」

「一週間だからな、たったの。いままでの自分はいったいなんだったんだろう。きみに出会っていなかったころのぼくの人生が空虚だったと思わなくてはならないなんてね」

「空虚じゃなかったでしょう？　ほかにいろいろと興味の的があったわけだし、お友だちだってたくさん……」

「お友だちか」彼は苦々しそうに言った。「セックスが目的の友だち……こだわる？」

「こだわってるのはあなたのほうでしょう？」

「いままでなんとも思っていなかったんだけど、いまは……」

「過去をぬりかえることはできないわ、ローガン」キャリーは柔らかくさえぎった。「そのときに幸せだったのならいまそれを受け入れなくてはいけないはずでしょう?」

彼はふっと眉をひそめてキャリーを見つめた。

「それもきみの男友だちの言ったこと?」

「生意気だった?」言わなければよかった、とキャリーは思った。

「二十歳を過ぎたばかりのきみにそんなことが言えるわけはないだろう」

「そのとおりだわ」キャリーはほほえんだ。「わたしよりずっと年上の人だわ。とても賢くて、優しくて……」

「その先は言わないほうがいい」ローガンの声はかすれた。「さもないとやけてくる」

「そんな必要はないわ。もう死んだ人ですもの」キャリーの声は湿った。

「すまなかった」

「いいの」キャリーは唇をかんだ。「彼のことはそのうち話すわ……でも、いまはとても」

「傷口がまだ開いているということだね?」

傷口というだけではすまない。胸にはぽっかりと大きな穴があいているのだから。いつになったらジェフのことを気持を高ぶらせずに話せるようになるのか……。「キスして」声をかすれさせてキャリーは言った。

唇が合わさったとたんにキャリーはやすらぎに満たされた。お互いにぴったり合うという気がする。

「ああ、キャリー、キャリー」ローガンはそう熱っぽくささやきながらキャリーの唇の端にキスをした。ホールター・ネックのホックがはずされ、しなやかなベルベットが愛撫するようにウエストに落ちる。あらわになった胸を包みこまれて、キャリーは弓なりになって彼に抱きすがった。

「ローガン!」やがて彼の唇が下りてゆき、新しい戦慄《せんりつ》がキャリーの背筋を走った。

「キャリー、やりすぎかもしれないけど」彼がうめくように言った。「きみにほれてしまったらしい」

「らしい、だけ？」

「三十五を過ぎると、頭をがつんとなぐられるようなことでもなければ納得しないものだ。だけど、こんなに惹《ひ》かれた人はいままでいないし、一人でいるときみのことばかり頭に浮かんで……」

「やめて、もう」キャリーはあえぎながら言って彼のもみあげをそっと撫《な》でつけた。白髪がちらほらとまざっているのもとても好もしく思える。

ローガンが顔を上げた。「もう？」

「ええ」キャリーは彼の口元にキスした。「時間はあるわ、ローガン、たっぷりあるわ」

「それはそうだ……」彼は再びキャリーの唇を求めた。

キャリーは慎みを捨てて応じた。愛している、という思いがこみあげる。この人となら一生、と思った。

彼のジャケットを肩からすべらせ、シャツのボタンをはずす。彼の素肌に胸が合ってキャリーの肌は焼けつくようだった。

ローガンは荒い息をしながらひとしきりキャリーの喉元や胸にキスを続けたが、やがて、「もう、やめておこう」とうめくように言って抱擁を解いた。

「ローガン……？」キャリーは抱きすがろうとした。

「だめだよ、キャリー」彼は自制心を破られまいとするように目をつむった。「生まれてはじめて正しいことをしている気なんだ。ぼくは聖人じゃないんだよ、ダーリン。聖人どころか……」彼はシャツのボタンをかけ、乱れた髪を直した。「きみが言うように、ぼくらには時間はたっぷりある」

キャリーは起き上がり、うなじに手を伸ばしてホールター・ネックのホックを留めようとしたが、髪がからまってしまった。

「どれ」ローガンはホックを留めてくれたが、指先にはなんとなく感情がこもっていない。

それでもうなじに触れられてキャリーはぞくっと体を震わせた。あてはずれな取り残された思いをどうごまかしようもなく、自然に涙がにじんだ。彼はそっとキャリーの顔を自分の方に向かせた。彼のグレーの目はかすんだようになっている。

「ダーリン、泣かないで」ローガンはうめき声をあげてキャリーを抱き締めた。「泣かないで、キャリー」優しい手がキャリーの髪を撫でつける。

「ごめんなさい」キャリーははなをすすりながら言った。「わたしは、ただ……」

「わかってるよ、ダーリン。謝らなくてはいけないのはぼくのほうだ。だけど、二人の間のことは大事にしておきたいんだよ」ローガンの手がキャリーの顔をすっぽりと包みこむ。「許してくれるね？」

感謝してもいいくらいなのに、許してくれと言わせるなんて……頭ではそうわかっている。でも、もっとローガンに抱かれていたい。やめて、と言ったのはキャリーのほうだったのに。

「キャリー？」

キャリーはわななきながら大きく息を吸いこんだ。「謝らなくてはいけないことなんてないわ」と言って笑顔を作る。「だめだと言われてほっとしたのは、わたしの……」

「だめだなんて言いはしない」彼はじっとキャリーの目に見入りながら言った。「まだ、と言っただけだ」

キャリーは視線をはずしてドレスを撫でつけた。

「コーヒーでもいかが？」

「いや、結構だ」彼はジャケットを着こんだ。「帰らなくてはいけないんだ。明日、ランチを一緒にどう？」

「でも……」

「また電話が行き違いになっていいの？」

「でもこれ以上、ウエストを太くしたくないわ」

「太ってなんかいるもんか。きみは完全無欠だよ」

彼はキャリーの両手を取った。「ランチを一緒にしてくれないか、キャリー。夜まで会わないなんて、待ち遠しすぎる」

キャリーも同じ思いだった。「いいわ。でも、ディナーに出かけるのはいやよ。そんなことをしたら本当に太ってしまうわ。夜はここへ来て」とキャリーは熱っぽいまなざしで言った。

ローガンの頬がぴくりと動く。「名案とは言えないな、とても」

「でも、ローガン……」

「歯止めが必要だからね、キャリー。クラブへ行って、ちょっとだけ飲んでダンスをして……」

「ダンス？」

「そうさ」彼は苦笑を浮かべた。「そういう会い方だったら責任が持てるからね」

「そうかしら」キャリーはすねた。

「キャリー」彼は響きのいい声をあげて笑った。「きみはぼくの自制心にとってはかんばしくない人なんだよ」

「あなただってわたしには……」キャリーの声はかすれた。

「とにかくランチだ」彼は断ち切るように言った。「きみの勤めている会社は知っているから、迎えにいくよ」

翌日から毎日、電話があり、二人は毎晩、連れ立って出かけた。デートはいつも新鮮だったし、食事に行くにしろ劇場へ行くにしろクラブへ連れ立つにしろ、ローガンにはとても大事にされているのがわかって、キャリーの愛情は深まっていった。胸がときめく時間の連続だったけれど、あの夜のような激しい抱擁にならないようにローガンはことさらに気を配る様子だった。

翌週、ビルから電話があって、株主総会を新年まで延ばしてもらうことにした、と言われた。「サー・チャールスは渋い顔をしていたけれどね」とビルは満足そうに言った。

「かわいそうなサー・チャールス」とキャリーは言ったが、彼女の声にも同情はこもっていない。

「まったくおあいにくさまさ」ビルがにやっとした様子が伝わってくる。「きみがもう彼の息子さんと会っていないことでもくろみがだめになってしまったわけだからね」

「息子と結婚させるなんて、お話にあることだけと思っていたわ」キャリーはむかむかしながら言った。

「まったくだ。ところで、三晩も電話をかけてたんだよ。ボーイフレンドでもできたの？」兄のような口ぶりでビルはキャリーをからかった。

「実は、そのとおりなの」はにかみ声でキャリーは言った。

「それはよかった。よかったじゃないか」ビルは本心、うれしそうだった。「マリリンと二人で気をもんでたんだ。ジェフが亡くなってからずっと」

「ありがたいと思っていたわ」キャリーの声はかすれた。「でも、出会いがあったの、ビル。とても……とても素晴らしい人」

「いろいろと宣伝したいだろうな」彼は含み笑いをした。「さっそくマリリンに話すよ」

「マリリンにはごちそうを食べてもらいながらゆっくり聞いていただくわ。帰ってきたら、腕をふるいますから」

「きみが料理をね」と言って彼は笑った。

キャリーも笑ってしまった。キャリーの料理嫌いはいまさらごまかしようがない。「でも特別な場合だわ」

「病人は徐々にだけどよくなっているから、すぐ帰れるようになるはずだ。マリリンはお母さんと一緒にキッチンにいるのが我慢できなくなっているらしいんだ」ビルは笑いを含んだ声で言った。「ポールも甘やかされどおしだしね」

「でもよかったわ、マリリンのお父様は」

「本当によかったよ。来週、また連絡するよ。報告書をクリスマス・プレゼントにしようと思ってるからね」

「ありがとう」キャリーは笑った。

「クリスマスには帰れるといいんだけどね」ビルがしょげた声になる。「もちろんきみはボーイフレンドと一緒だからいいだろうけど」

クリスマスはまだ三週間も先のことだから、どう過ごすか考えてはいないけれど、ローガンとたっぷり時間を過ごせると思っただけでキャリーの胸はふくらむ。「でも、ポールに会えないのは寂しいわ」

「ポールにだけ？」

「もちろん、お二人も含めてだわ」

「まあ、いいだろう。今週中にでもマリリンから電話がいくと思うよ。ボーイフレンドができたと聞けばいろいろと知りたがるだろうからね。もっとも、きみをつかまえられれば、だけど」

「わたしはいつものように八時までは家を出ないし、六時には帰ってきてるわ。だからその時間にさえ……」キャリーは早口に言い続けようとした。

「冗談だよ、キャリー。冗談にきまってるじゃないか。だけど果報者だな、その人は。そう言ってたと伝えてくれよ」

「言われるまでもないさ。とっくに承知してる」その夜ビルのことづてを伝えると、ローガンはそう言った。

「うれしがらせてくれなくていいのよ」キャリーは頬を染めた。

「本心さ。それに、クリスマスも一緒に過ごしたいと思ってるんだ」

キャリーの顔はぱっと輝いたが、その輝きはたちまち消えた。「でも、お母様と過ごすんでしょう？」

「帰ってきてればね。もちろん、きみも一緒に」

「帰ってきてれば？」キャリーはワインのグラスを口に持っていった。

ローガンはうなずいた。イブニングスーツ姿がかえって精悍《せいかん》さをきわだたせている。「今日、電話をしたんだ。当分の間、内輪もめを避けていたいそうだ」

キャリーは眉を上げた。「あなたのこと？」

「いや、そうじゃない。母は叔父の事業にかかわっていて、最近、叔父の働きかけが厚かましくなった。ぼく自身も忙しくてそっちにさいている時間がなくてね。そんなことで母はいまスイスにいるんだよ、仲よし何人かと連れ立って。クリスマスまでにはもどるはずになっていたんだけど、どうなるか」

「バレエも取りやめね」失望を抑えこみながらキャリーはそう言った。ローガンの母親に会うことに彼女は望みをかけていたのだった。あの夜以来、あれほどの情熱的な時間を繰り返すことはなかったし、ローガンはキャリーのフラットに入ろうとしない。ローガンの意志の強さと思って気持を納得させようとしてはいるけれど、心もとなさはつのっていた。

「バレエは行くよ。チケットは手に入れてあるんだ」ローガンがテーブルの上のキャリーの手を取る。

バレエに行く行かないが気になっているわけではない。「楽しみだわ」と口では言ってキャリーはため息をついた。

「なんだか気がない様子だな」

キャリーは笑顔を作った。「ごめんなさい」

「行きたくないんなら……」

「行きたいわ、もちろん」キャリーは気持をしゃんとさせようとした。クリスマスを一緒に、と言ってくれているのだから、何もしょげることはないのに、と自分の胸に言い聞かせて。

だがミセス・キャリントンには急いで帰る気はないらしく、クリスマスの二日前になってもローガンには知らせが入らないということだった。

「珍しいことじゃないんだ」心配顔のキャリーにローガンは言った。「叔父を逃れるためにこういうふうに旅行に出かけることはいままでにも何度かあった。それだからって、ぼくらが一緒にクリスマスを過ごさない理由にはならないさ」

「あなたのところで？　それともわたしのフラット？」とキャリーは思いきってきいた。ローガンのフラットへは一度も行ったことがない。二人きりで過ごすことをローガンが避けようとしているのはわかっていても、クリスマスをレストランで過ごすのはいやだった。たとえいま食事をしているこういう素敵な店でも。

「肝心なところだな」彼の口元がからかうように上がる。「母は間違いなく帰ってくるさ」

「ローガン……」

「ローガン、ダーリン」甘ったるい女の声がテーブルのそばであがった。「うれしいわ、お会いできて。このごろはすっかりごぶさたですものね、ダーリン」

キャリーは見上げた。赤毛を波打たせた素晴らしい美人。ローガンと出会った夜に見覚えのあるあのダニエルだった。

とても長身で、しなやかな体の線をバックレスのドレスにあらわに見せている。険のある目でキャリーをちらっと見たが、ローガンにもどした顔にはその表情は跡形もなかった。

ダニエルに声をかけられてローガンは立ち上がっていた。二人の背の高さはほとんど同じだった。

「ダニエル」ローガンの挨拶《あいさつ》は無愛想だった。

「紹介していただけないのかしら。ダーリン？」ダニエルはキャリーを見下ろした。きつすぎるほどの香水のにおいが立ちこめる。〝パッション〟の香りではない。

ローガンの紹介の仕方はとても堅苦しかった。じゃまされて迷惑がっている様子だった。この人とのつきあいが終わってローガンはせいせいしているに違いない、と思ったが、わたしとの終わり方もこうだろうか、と思いついてキャリーはぞっとした。

「一人？」礼儀上やむを得ず、という感じにローガンがきいた。

「とんでもないわ」ダニエルの目がきらっと光る。「デビッドがコートを取りにいってくれてるの。あなたからいただいたミンクよ、ダーリン」

「そう？」ローガンは相変わらずそっけない。

「ええ、そうよ」ダニエルは歌うように言った。「あなたのお見立ては素晴らしかったわ、いつも」

「いつもというわけじゃないさ」

青い目がちかっと光る。「で、キャリーは何を？　あなたのところの……新しいモデル？」

ローガンの頬の筋肉がぴくりと動いた。「キャリーは秘書をしてる」

「ほんと？」弓なりに描いた眉が上がる。「でも不思議ね。一日中、秘書を追いかけているようなタイプの人だなんて、思ってもいなかったわ」

「キャリーはわたしの秘書じゃない」ローガンがぴしゃりと言った。

「おあいにくさまね……毛皮はもうプレゼントしたの？」ダニエルは態勢を立て直すように言った。

「ダニエル……」

「それから、ダイヤモンド。あなたは宝石の見立ても素晴らしいですものね、ローガン」

「ダニエル……」

「口が軽すぎたかしら、ダーリン？」ダニエルは挑むように言った。「でも男の勝手さに比べたらこれくらいのことは……」

「お互いさまじゃないか」ローガンは怒りを抑えかねたように険しい声を出した。

「でも念のために、この若い方に聞かせておきたいわ」ダニエルはちらっとキャリーに目を配った。「キャリーにあなたの流儀を教えておきたいの。あなたって、気に入ったとなると有無を言わせず女を……ベッドに連れこんで、次のお気に入りが現れるとぽいと捨てるわ。そうじゃなくて、ローガン？」

「いいかげんにおしゃべりをやめないと……」

「やめますわ」ダニエルは晴れ晴れとした顔つきになって言った。「じゃあ、ごゆっくり、どうぞ」ダニエルは細い腰をこれ見よがしにくねらせて遠ざかっていった。

ローガンは怒りが抑えられない様子で立ちつくしているけれど、キャリーは憤慨する気になれない。ダニエルに対して同情さえ感じていた。

ローガンは険しい顔つきのまま、「出よう」と言ってキャリーを立ち上がらせた。

「でもまだお料理も……」

「おなかがぺこぺこだとでもいうの？」

「ええ、とても」不体裁なことかもしれなかったけれど、今日は忙しすぎてランチを食べていないので、さっきからおなかがぐうぐう鳴っていたのだった。

「ぼくのフラットで食べよう。メイドが何か作ってくれる」

「でも、ローガン……」

「たしかに危ないことにならないようにと言ったことは言った」彼はいらいらと髪に手をやった。「だけど、言いたいことがあるんだ。ここではとにかく口には出せない。いいね？」

洗練されたローガンそのままの見事なフラットだった。ラウンジには段差がついていて、床から沈みこむ感じの部分には落ち着いた褐色や金色をあしらった椅子がしつらえられている。秋の色、とキャリーは思った。

ちょうど座るように言われたとき、中年のメイドが入ってきた。二人分の食事が用意できるかきいてからローガンはあらためて何品かを頼んだ。その間も、彼の視線はキャリーから離れなかった。

二人きりになると彼は部屋を行ったり来たりしはじめた。思い出すだけでさっきの出来事に腹が立つらしく、「まったく、絞め殺してやりたいくらいだ」と彼はうなるように言った。

「ローガン、お願いだから……」

「そのくらいの目に遭って当然な恥さらしのまねをしたんだ、ダニエルは」

「なんでもないことだわ」キャリーは優しく言った。「だって、あなたとあの人はひととおりではなかったんでしょう？」

「深くつきあいすぎた」

「うらやましいわ」キャリーは皮肉でなく言った。

ローガンが目をせばめて刺すようにキャリーを見つめる。「わたしもそうなりたいわ、ローガン」

「とんでもない！」

キャリーは顔色を変えた。「だったら、わたしのことを……愛してくれる気がないの？」

彼は大またに近づいてきて、キャリーの傍らに腰を下ろした。「気がない、だって？　朝起きたとき、きみのこの顔がそばにないことに、もう耐えられないんだ。きみとの熱い抱擁を思い出しながら一日中過ごして、家へ帰ったらまたきみを愛し続ける……すぐにでもそうしたいんだ」

キャリーの胸は高鳴り、頬が熱く燃える。「わたしだって同じ気持だわ」キャリーは声をかすれさせた。

「でも、そんなことは……」

「でも、そうしてほしいわ！」

「人の話を横取りしないで。ぼくが言おうとしたのは、きみとはただの情事で終わらせるのはいやだということだ。ぼくの望みはそれ以上のことだ。きみに一生、ぼくのそばにいてもらいたいんだよ、キャリー」

「ローガン……？」

彼は大きく息を吸いこんだ。「ぼくが望んでいるのは結婚なんだよ、キャリー」

5

「ダーリン？」目を呆然《ぼうぜん》と見開いたまま押し黙っているキャリーに、彼は心配そうな目を向けた。

キャリーはごくりとつばをのみこんだ。「でも、たしか、結婚はしないって……」

「きみとなら別さ」血の通っていないようなキャリーの両手を包みこむようにしてローガンは言った。「キャリー、愛してる。きみと結婚したい」

その熱っぽい真剣な一言一言をキャリーはもちろんこれっぽっちも疑いはしなかった。「でも、わたしたちはお互いに、まだよく……」

「きみのことは一目で愛してしまったんだよ。きみはぼくにとっては特別な人だ。だから、ダニエルが言っていたような流儀ではきみを扱わなかった。信じてくれるだろう、ダーリン？」

たしかにローガンからないがしろにされているなどとは思ったことはない。でもこんなにだしぬけに求婚されるとは……。

「キャリー？」

キャリーは目を上げた。ローガンの顔は緊張で青ざめている。「ローガン、わたし……」

「頼むからはねつけないでくれ」彼はうめくように言った。「ぼくがきみをどんなに必要としているか、きみはこれっぽっちも……」

キャリーは息を殺しながら笑い、「はねつけるなんて、ばかでもなければできないわ」と言った。

「わたしはそんなばかにはなりたくないわ」

彼は荒い息を吸いこんだ。「つまり、答えはイエスということだね？」

ほほえみを浮かべていたキャリーの目がきらきらと輝く。「いまさら何かしら。知ってるはずでしょう、わたしがあなたを愛していることは」

「きみがだって？」

「きまってるじゃないの」ローガンにびっくりした顔をされてキャリーは笑い声をあげた。

「ああ、キャリー！」彼はキャリーを抱き締め、喉元に顔を埋め、「てっきりノーと言われるかと思っていた」と言ってそのままキャリーの唇や顔中にキスの雨を降らせた。「きみがぼくのことを必要としているなんて、思ってもみなかったんだ」

小刻みに震える指でキャリーは彼の顔に触れた。

「わたしはあなたのものだわ、ローガン。とっくにわかっていると思っていたわ」

「いまははっきりとわかってるよ、キャリー」

「お食事の支度ができました、ミスター……まあ！」メイドのミセス・ブラウンが顔を赤くして開け放ったドアのところに立ちつくしている。「失礼しました。気がつきませんでしたので……お取りこみ中だとは」豊かな胸元を抱きかかえるようにしながらミセス・ブラウンはそんなおかしなことを言った。

　ローガンが真面目くさった顔をくずさないようにしながら言った。「十分したら行くよ、ミセス・ブラウン」

「かしこまりました」ちらっととがめるような視線を投げてメイドはさがった。

「ああ、ローガン」キャリーはくすくす笑いながら彼の胸元に頬を寄せた。「あの人ったらかわいそうに。すっかりあわててしまって」

「かわいそうなのはきみのほうだ。きみをどんなに愛してるか見せるのに、十分しかないんだから」

「だったら、一分もむだにできないわね」

　十五分後に二人はダイニングに向かった。ミセス・ブラウンは非難の色を隠そうとしない。

「わたしたちが結婚することを話したほうがいいみたい」キャリーはくすくす笑いながら言った。「さもないと、わたしのことをあなたの女の一人という目つきで見るのをやめてくれないわ」

　ローガンが見る見るきつい顔つきになる。「そんな目つきをさせておくわけにはいかない。はっきりと彼女に言って……」

「やめて、ダーリン」ミセス・ブラウンがデザートを運んできたのでキャリーはローガンの腕に手を添えた。ミセス・ブラウンがさがっていってからあらためてキャリーは言った。「言うのはやめて、ローガン。結婚したらここで暮らすんですもの、あの人の印象をあまり悪くしたくないの」

「なにも雇っておく必要なんか……」

「ローガン、そんな思いやりのない！　ミセス・ブラウンはちょっとびっくりしただけだわ」

「びっくり？」

「ええ」キャリーは笑みをおさめて、いたずらっぽく言った。「わたしがあなたには若すぎるから」

「若すぎるだなんて！　きみは……」

「え？」キャリーは小首をかしげるようにした。

「いや、なんでもない。どうせあとで思い知ることだからな」彼はお返しをするように優しく怖がらせてから言った。「ミセス・ブラウンには何も言わないよ。きみが結婚を承知してくれたことはまず母に知ってもらいたいからね」

キャリーの目がきらきらと輝く。「ああ、ローガン、あなたと結婚する実感がやっとわいてきたわ」うれしさがこみあげるがままにキャリーは軽やかな笑い声をあげた。

真夜中すぎまでローガンのところで過ごしてから送ってもらった。つくづくとわかったことだが、ローガンはすぐにでも結婚したい、年が明けるまで待てない、と本心から思っているのだった。

「寄っていくでしょう？」フラットのドアの前でキャリーは言った。

「よしておこう」彼は首を振った。「誘惑に負けてしまいそうだからね。さあ、中へ駆けこんだほうがいい、ぼくの気が変わらないうちに」

「変えてほしいわ」

「気のとがめなしにきみを母に紹介したいんだよ。母は悟りのいいほうだし、ぼくがいままでどんな暮らし方をしてきたかも知っている。きみとは特別なんだということを知ってもらいたいんだ」

それほどまでに大事にされているのかと思うとキャリーの胸は熱くなり、おやすみのキスに夢中に応じた。抱擁を解いたとき、二人は息を荒くしていた。

「いいね、明日の夜は？」

「ええ、もちろんだわ」

「クリスマス・イブだ。サンタはきみに何を持ってきてくれるかな？」

「あなただわ、きっと」

「ぼくならとっくに手に入れてるじゃないか」彼はくすっと笑った。「はじめからがんじがらめに縛られて、煮るなり焼くなり勝手な状態さ」

「それなら、わたしがほしいのはあなただけですもの、今年はサンタは何も持ってきてくれないわね」

ローガンにはもうアフターシェーブのセットを買ってあったが、未来の夫になる人なのだからもっと親密さを表せるものをと思って、翌日ランチに出たついでにカフスボタンを選び、ローガンのイニシャルを入れてもらった。キャリー自身は一目で気に入ったのだけれど、ローガンがどう思うかちょっと心配だった。

すっかり満足してオフィスへもどると、たったいまきみのボーイフレンドから電話があった、とマイクに言われた。急用の様子だった、と。

「やあ、ダーリン」ローガンはすぐ電話に出た。「いい知らせなんだ。母が今夜、帰ってくるんだよ」

「まあ、うれしい！」ローガンと結婚することをやっとみんなに言える、とキャリーは思った。

「ランチに誘うつもりだったんだけど、もう出た、と言われてしまった」

「ぎりぎりのクリスマスの買い物」カフスボタンはきっと気に入ってもらえる、と思ってキャリーはほほえんだ。

「母はクリスマスを一緒に過ごしたがっている」

「わたしのことは、もう？」

「いや、母は知りたくてうずうずしているところさ。友だちに会わせたいって言っただけだからね」

「かわいそうに」

「その友だちがぼくの妻になる人だと知ったら母は大喜びするさ」ローガンは満足そうに言った。「とにかく電話ではこっちの気持はそっくり伝えられないからね。空港まで迎えにいくんだけど、一緒にどう？」

「何時に？」

「七時半」

「残念だわ。ちょうどビルが寄ることになってるの、七時から八時までの間に」

「それはあいにくだな」ローガンはちょっと黙ったが、すぐ気を取り直したように続けた。「明日、会ってもらうほうがいいかもしれないな。母も長旅で疲れきっているだろうしね」

「じゃ、あなたに会えるのは……明日？」

「いや、今夜だ。母を送っていってからロンドンへもどってくる」

「でも、あんまり遅くなるようだと……」

「何か困ることでも？」

「ツリーを飾るのを手伝ってもらえないと思って」

「まだ飾ってないの？」ローガンは驚いた様子だった。

「イブに飾るのがうちのしきたりなの」

「とすると、ぼくらの家族のしきたりにもなるわけか」黙りこんでしまったキャリーをローガンはからかった。「キャリー、赤くなってるね？」

そのとおり、キャリーは真っ赤になっていた。ローガンが夫になるという思いにもまだ慣れていない上に、ぼくらの家族、と言われたのだ。ローガンとの間に子供……そう思っただけでキャリーの胸は騒いだ。

「キャリー？」ローガンが笑いながら言う。

「わざとなのね」

「何が？」

「その手には乗りません。じゃ、今夜」

「イブにプレゼントするのもしきたりになるよ、わが家の。プレゼントは期待してる？」

「とっくにもらってるんでしょう？」

「それでやり返したつもりなの、キャリー？」ローガンが含み笑いをした。「気に入りそうなプレゼントを見つけてあるんだよ。愛してる」彼の声が熱っぽくなる。

「わたしも」とだけキャリーは応じた。

「言うわけにいかないんだね？」

「ええ」何メートルか向こうのデスクにいるマイクのことが気になって仕方がない。仕切りの全然ない流行のオフィスだが、プライバシーという点では不便を感じる。

「こっちは問題がないからな」ローガンはおもしろがるように言った。「今夜、二人きりになったら、きみのことを……」

「やめて」

「さもないと、また顔が赤くなる？」

「ローガン！」

「わかった、わかった。フェアじゃなかったよ。だけど、今夜は遅くなっても必ず帰ってくる。明日、母のところへ連れていくからね」

急いでデスクの上を片づけてから、未来の義母へのプレゼントを探しにいった。美しいカットグラスの花瓶を見つけ、ばらも買った。

ビルが来たのは七時二十分だった。「きみにだ」キャリーは華やかな包装紙にくるまれた包みを手渡された。

「あなた方に」キャリーはにこやかに三人へのプレゼントを渡した。

「今年もなんとなく見当がつくな、特にぼくへのは」ビルはちょっと顔をしかめてみせて、ブリーフケースを開いた。ビルのために買ったけばけばしいパンツの柄を思い出してキャリーはくすっと笑った。

「スペンサー・プラスチックについての報告書がやっとできあがった」

「ありがとう」キャリーは受け取ったままテーブルに置いた。

「のぞいてもみないの？」

「だってクリスマスよ、ビル」

「誰も彼も休むことばかり考えてるんだからな」ビルはいきまいた。

「何日かだけのことでしょう」

「とんでもない。年が明けるまで仕事になりはしない」

「ぼやくわね」

「ぼやきたくもなるさ。ずっとマリリンのお母さんと顔をつきあわしていなくてはならないんだから」

「すぐ過ぎるわ」

「一人ではなかなか過ごしづらい時期だろうに、どうしてそんなふうに上機嫌なのかな」ビルはいぶかしげにキャリーを見つめた。

「クリスマスの乾杯をしましょうか？」キャリーは話をそらすように言った。

「ウイスキーがあるの？」

「水割り？　それとも割らずに？」

「水割りがいいな。ウイスキーが好きなの、彼は？」

「え？」キャリーは言葉を濁して水割りを作りはじめた。

「きみの新しい恋人のことさ」ビルはおいしそうに水割りを一口飲んでから言った。「ウイスキーはやるんだろう？」

「ええ」ビルの向かいに腰を下ろしてキャリーはマティーニのグラスを口に運んだ。「でも、ここへは来ないわ……はじめてのデートのとき以外は」キャリーの頬が染まる。「ウイスキーはただ、もしも……万一……」

「来た場合のためだろう？」

「ええ」キャリーの頬がいちだんと赤くなる。

「来ることになってるの？」

「今夜、遅く」キャリーははにかみながら答えた。

「例の人？」

「ええ」

「じゃあ、この報告書は休暇が明けるまで見向きもされないわけか」

「まさか。明けるまでには読むわ」年が明ければ結婚式がある、とキャリーは思った。

「なにしろ徹夜の連続で仕上げたんだから、粗末にしてもらったら……」

「ほんとにそうなの、ビル？」ビルがにやっとしたのを目にしてキャリーはにらんだ。「いつも出まかせを言って。これで弁護士かしら。ミスター・シーモアとは大違い」

「同業者としての礼儀上、ジェームス・シーモアについて何か言うわけにはいかないな」

キャリーはくすくす笑った。「どうしようもない老いぼれって言ってるみたい」

「そうかな」

「とぼけて」

「とぼけるのも弁護士の芸のうちさ」ビルはウイスキーを飲みほして立ち上がり、「クリスマスをぼくらと一緒に過ごさないかってきくつもりだったんだけど、事情がこうではね」とウインクをした。「いいクリスマスを、キャリー。ぼくの出る幕がないのは残念だけど」

キャリーはにっこり笑った。「出る幕があったら大変だわ。マリリンによろしく。ポールにも代わりにキスしてあげてね」

「そうするよ」

ビルが帰ってからキャリーはあらためてツリーを見上げた。店にあったときはちょうどいいと思ったのだけれど、フラットに入れてみると大きすぎて、天井につきそうな高さだった。

飾りがどこにあったか捜しまわり、やっとジェフのアトリエで捜しあてた。いったん入ると立ち去りがたくて、しばらくアトリエで過ごした。結婚に賛成してくれるかどうか自然にジェフに尋ねかける気持になっていた。温かな包みこんでくれるような雰囲気が満ちていて、ジェフが実際に賛成してくれているように思える。人間は一人きりでは生きられない、とジェフはよく言っていた。わたしの結婚にもローガンという人にもうなずいてくれるにきまっている、とキャリーははっきりと思った。キャリーは安心しきった幸せな気持になってアトリエを出た。

　こんな幸せな気持になったのは生まれてはじめてのような気がする。息もつけないほどに胸がはずみ、この喜びを声を限りにみんなに知らせたい、とさえ思った。ああ、どんなに素晴らしいクリスマスになることだろう。いままで迎えた中でいちばん素晴らしいクリスマスに！

6

　飾りつけがまだ終わらない十時前にローガンが着いた。不意にはにかみにとらわれながらキャリーはドアを開けた。

「まさにクリスマスだな」彼は笑いながらキャリーの髪についた飾り物の紙切れを取り、鼻にちょこんとキスをした。「ハッピー・クリスマス、ダーリン」

「あなたにも。ああ、ローガン……」キャリーは熱い思いに満たされてローガンを見上げた。あまりの幸せに涙があふれる。

「さあ、中へ」彼はうめくように言い、ドアを閉めるとそのままキャリーを抱き締め、情熱をこめて唇をむさぼった。「会いたくてたまらなかった」やがて彼はキャリーの髪に顔を埋めてそうささやいた。

「わたしも、会いたかったわ」キャリーは彼の腕の中で身を震わせた。

「なんてことだ……！」彼はまじまじとキャリーの顔を見つめながら、ほつれた髪をそっと撫《な》であげた。

「まるで子供みたいに見える」

キャリーは笑みを返した。「子供ならこんなことはしないわ」

「それはそうだ」彼はかすれた笑い声をあげ、キャリーの肩を抱いてリビングに入った。「もうはじめてるんだね」と飾りつけを見まわしながら彼は言った。

「でも、上のほうは届かなくて……」

それから三十分かかってペーパー・チェーンをかけ終え、ひいらぎとやどりぎを飾った。やどりぎを飾るときにはそれこそ大騒ぎだった。やどりぎの下にいる娘にはキスしてもいいという言い習わしそのままに、絵の額やドアにやどりぎを留めるたびにローガンがキスをせがむ。

「やめて、ローガン！」とうとうキャリーはくすくす笑いながら彼の抱擁をすり抜けた。

「だけど見てごらん。この部屋にいる限りぼくはどこでもきみにキスしていいわけだよ」と彼は満足そうに言った。とてもくつろいだライトグレーのシャツ姿で、黒いジャケットは椅子に脱ぎ捨てられたままになっている。

「ツリーの下があるわ、まだ」キャリーは飾りを入れた箱から星や細工物を取り出して、みずみずしい枝に下げはじめた。

「きみ一人で運んだの、このツリーを？」

「ええ。どうして？」

「だって、こんな重そうな……」

「もちろん重かったわ」キャリーは彼と並んで立ちウエストに腕をまわした。

「体を痛めでもしたらどうするんだ」肩にまわされた彼の腕に力がこめられる。

「痛めなかったわ」キャリーは彼の頬にキスした。

「飾りつけを手伝って」

「すんでからだな、プレゼントは？」

熱っぽい目に見つめられてキャリーは頬を染め、「ええ」とかすれ声になって応じた。

「さっさと片づけてしまおう」

ツリーは見事に仕上がった。ツリー全体に積もらせた雪越しに豆電球がちかちかと輝く。キャリーは目を輝かしながら部屋を見まわした。

「素敵な飾りつけになったわ」彼女は声をうわずらせた。「ああ、ローガン、あなたがこうしていてくれるということが、わたしにとってどんなにありがたいことか……一人ぼっちのクリスマスかと思っていたの。そんなこと生まれてはじめてだったから……」キャリーはつくづくと自分の手を見つめた。「一人ぼっちにされたことはなかったのに、ママに死なれて、すぐまたジェフに……」

「まだ気持が沈む？」

「ええ。だって……かけがえのない人だったんですもの」

「そのようだな」ローガンの声がかすれる。

キャリーはにっこりと笑った。「プレゼントがあるの。待ってて、ちょっとベッドルームへ……」

「行きたいと思っていたところだ」と言ってローガンが近寄ってくる。

「ローガン！」キャリーは目を見張った。「わたしは、あなたへのプレゼントが置いてあるって言ったのよ」

「ぼくもそう聞いたけど？」彼の目が笑う。

「何もしない？」

「しないわけにはいかないだろう？」

「それもそうだけど……」キャリーはため息をつい

て彼の抱擁に身をまかせた。

やがて彼が、「だめだ」と言ってキャリーを押しのけた。「やっぱりやめておく」

「じらされてばっかり」キャリーは気持をそのまま口にした。

「じらすつもりはないさ」彼はアームチェアに腰を下ろした。「さあ、行った、行った」

「ローガン・キャリントン、あなたって……」

「え？」彼が片方の眉をきゅっと上げる。

「なんでもないわ」キャリーはつんとした。「プレゼントを取ってきます」

ベッドルームにいる間にローガンは車まで取りにいったのだろう、リビングにもどると五つもの包みがコーヒーテーブルに並べられてキャリーを待ち受けていた。包みの一つはテーブルの幅と同じ大きさだった。

キャリーは眉をひそめるようにして言った。「いったい、なあに？」

「開けてたしかめたら？」彼は笑った。

「あなたのから開けて」ちょっと気後れを感じながらキャリーは包みを手渡した。

ローガンのために選んだ目の飛び出るほど高価な絹のローブ、アフターシェーブの大瓶、ネクタイ、それからカフスボタンが包みから取り出される。彼が本心から喜んでいるのを目にしてキャリーはほっとした。

「今度はきみだ。その大きなのはいちばんあとにするんだな」

「いじわる」

「さあ」ローガンは笑いながらせかした。

大きな香水瓶、チョコレートの大箱、いままで目にしたこともない真っ白な絹のナイトガウンとネグリジェ……。

「結婚式の夜のためだ」そっと彼が言った。

「素晴らしいわ！」キャリーの声はかすれきってほとんど声になっていない。

「今度は、これ」平たい小さな包みを渡された。紙包みを破ると宝石入れだった。震えだした指でふたを開ける。紺青《こんじょう》色のベルベットの内張りに、ダイヤモンドをちりばめた金のネックレスがひっそりと納まっている。

信じられない思いでキャリーはローガンを見つめた。「わたしに、なの？」

「ぼくのでないことはたしかだけどね」

「ああ、ローガン！」キャリーは腕をひろげて待っている彼の胸に飛びこみ、こみあげる思いをキスにこめた。「愛してるわ、愛してるわ！」

「そう願いたいね。ほかの男にこんなキスはごめんだな」彼は目をきらっとさせながら言った。

彼の胸に顔をすりつけるようにしながらキャリーは言った。「あなただけよ、ダーリン、ずっとあなただけにきまってるわ」

「さあ、大きな包みを開けて。気に入ると思うよ」

「もういただきすぎだわ」

「なあに、付録みたいなものさ」

「ほんとに？」

ふわふわしたピンクの象だった。キャリーは思わず喜びの声をあげてぬいぐるみを抱き締めた。「うってつけだわ、ちょうどぴったりだわ！」

「ぴったり？」

「そうよ」キャリーはいたずらっぽい笑みを向けた。「わたしと一緒にベッドで寝るんですもの。あなたがそうするまで」

彼の目の奥に熱っぽいものが燃える。「何を言ってるかわかってるんだろうね？」

「お母様に顔を合わせられないようなことになってはいやですものね」とキャリーはからかった。

「母のことがいまのぼくの念頭にあると思ってる

の？」

「やめて、ローガン！」と大げさにキャリーは言い、象のグレーの耳をひろげて赤くなった顔を隠した。

「いや、ダンボの目の前では」

「ダンボか」

「夢中だったわ、あの映画。あなたは？」

彼は興味なさそうに言った。「ずいぶん大きくなっていたからね、あれを見たときは」

「そうなの？」

「やれやれだよ、キャリー。シャーロット・ブロンテからウォルト・ディズニーへ逆もどりなんて、どうもね」

幸せな気持はたちまちしぼみ、彼女の目からきらめきが消えた。「あなたには若すぎますね、わたしって」

「そうじゃないって証明させる気持は？」

キャリーはごくりとつばをのみこんだ。「ありますけど……」

「ぼくのものになりたい？」

「ええ」

「ほんとに？」

「ええ」キャリーは目を伏せてじっと自分の手を見つめた。

「じゃあ、そうさせてもらうよ」ローガンはじゅうたんに座っているキャリーの傍らに腰をすえ、象のぬいぐるみを彼女の手から取り上げた。「さあ、これを」と言って小さな宝石入れをキャリーのてのひらにそっと置く。

キャリーはびっくりしてローガンの顔を見た。だがついいま目にした険しい表情は跡形もない。「でも、さっきは……」

「いいから開けて」

まわりにダイヤモンドをちりばめたエメラルドの指輪を目にしてキャリーは息をのんだ。

「さあ、貸して」ローガンは指輪をキャリーの左手の薬指にはめた。「ぴったりだ。どう、気に入った？」

「気に入ったどころか……」キャリーは恐れをなして指輪を見つめていた。「でも、こんな……」

「ぴったりさ、間もなくぼくの妻になるきみには。指輪がなくては婚約した気がしないからね」

「でもいくらそうでも……」キャリーは魅入られてしまって指輪から目が離せなかった。

「婚約といってもほんの一、二週間だけどね」彼はキャリーを抱き寄せた。「すぐ結婚式だから」

「みんなをびっくりさせていいの、そんなに急で？」キャリーは彼の胸に顔を埋めながら言った。

「急がなかったらかえってびっくりするさ」頬を染めているキャリーをからかうように彼は含み笑いをした。「とにかくその日まで待てない気持だよ。ぼくを愛していてぼくの思いどおりになる、とたったいま誓ってもらいたい気持さ」

「体で、ということ？」キャリーはおびえながらきいた。幸せなやすらいだ気分が跡形もなくなって、全身に震えが走るのをどうしようもない。

「どうした？」ローガンが気づかわしげにキャリーを見つめる。「キャリー？」

「わたしを捨てないわね？」キャリーは彼にしがみついた。「あなたがいなくなったら、死んでしまうわ」

「子供みたいなそんなばかな……」

「子供じゃないわ！　わたしは子供なんかじゃないわ、ローガン」キャリーはおびえを振り払って彼を見上げた。

「もちろんそんなことは思ってない。それにぼくはいなくなりはしない」彼はキャリーを抱き締めた。「そんなことになったらぼくのほうがたまらない」

　キスがキャリーの唇をおおった。愛撫《あいぶ》の手が素肌に忍びこみ、胸を包みこまれてキャリーの全身から力が抜けていった。

「抱きたい、キャリー」彼がうめくように言った。

言いなりにこのまま身をまかせてもいい、と思ったが、キャリーは溺《おぼ》れそうな気持に逆らった。

「いけないわ、ローガン。いまはいけないわ」

「いまは？」彼は欲望をにじませた顔を上げた。

「そうだ、待たなくてはな」ローガンはため息をつき、キャリーに手を貸して立ち上がらせた。「とにかく結婚式まではあっという間なんだから。みんながなんと言おうと」

キャリーはまじまじと彼を見上げた。「まさかわたしのことを本気でばかだと思ってないわね？　だって、さっき……」

「そんなことあるもんか。気にしているとしたら謝るよ。さっきはからかっただけだ」

「ほんとに？」

「うん」彼はほほえんだ。「子供っぽいところを見せられればかえっていとおしくなるだけだよ」

「ジェフがいつも言って……」

「どうもその名前は耳に逆らうな」ローガンは眉をひそめながら言った。

「まさか、そんな！」

「いつもその男のことを引き合いに出すけど、ぼくだけを愛してくれているなら……」

「あなただけだわ、愛してるのは」

「だったら神様かなんぞを引き合いに出すみたいな言い方はやめることだ。彼の言ったことが不滅の言葉みたいな話し方をするのは」

「ごめんなさい」キャリーは息を詰まらせながら言った。「素晴らしい人だったからなの。それに……」

「だけど死んでしまった人だ」ローガンは険しい顔つきになった。「ぼくのほうは生きてる。念を押すまでもないだろうけど」

「わかったわ」とは言ったけれどキャリーは彼の優しくないおやすみのキスには応《こた》えられなかった。

その夜ベッドに入ったキャリーの思いは不安定に揺れ動いていた。もちろんローガンへの愛は否定しようもないし、びくともしない。だが愛する彼のことをどの程度知っているというのだろう、という疑いはどう払いようもなかった。彼の心の底がすっかりわかる日が果たしてくるのだろうか……。

翌朝、迎えにきたローガンの顔つきは相変わらず険しくて、車に乗ってからもずっと完全なだんまりが続いた。

とうとうたまりかねてキャリーは口を開いた。

「ローガン……」

「キャリー……」

同時に相手の名前を呼んでいた。キャリーはローガンに先を譲った。

「悪かった」とぶっきらぼうに彼は言った。

キャリーは目を見開いた。褐色の目に浮かぶ金色の斑点《はんてん》がいつもより目立つ。

「ゆうべは大人げなかった」

キャリーは黙ったまま彼をじっと見つめた。そう、この人は死んだ人に嫉妬《しっと》したんだわ。嫉妬なんかしなくてもいい人に。

「ぼくと結婚する気持に変わりはない？」ハンドルを握るこぶしの関節が白くなっている。

キャリーは彼の腿にそっと手を置いた。「もちろんよ」

「ああ、キャリー！」車をさっと道路のわきに止め、彼はキャリーのほうを向いた。「たしかだろうね？」

「わたしは迷いもしなかったわ。あなたの気持が変わった、ということ？」キャリーは息を詰めて返事を待った。

「変わりはしない、一瞬たりとも」

キャリーはほっと息を抜いた。「わたしももう二度とジェフのことは話さないように……」

「いいんだよ。きみにとっては大事な人だったんだ。話してはいけないなんて言う権利はぼくにはない」彼はキャリーを抱き寄せた。「どうせそうしょっちゅう話すわけじゃないだろう？」

「もちろんだわ」うれしさがこみあげるがままにそう言ってキャリーはキスを迎えた。

やがてローガンは顔を上げ、額をキャリーの額にあずけた。「最悪の夜を過ごしたのはぼくだけかと思っていた」

「わたしだって」キャリーはそっと彼の頬に触れた。

「独占欲が強いのは一人っ子のせいかもしれない。とにかく自分勝手にならないように気をつけるよ」

キャリーは眉をひそめながら言った。「でもジェフのことはそんなふうに悩む必要なんかないのに。ジェフはわたしの……」

「もういいよ、キャリー」彼はキャリーの唇に指を置いた。「クリスマスなんだし、ぼくらは婚約をし直したんだ。もう口論はしたくない。昨日ですっかりまいってしまったんだから」

キスがはじまり、何度も繰り返された。抱擁を解いたときは二人とも息を切らしていた。

すっかりなごんだローガンの顔をキャリーはうっとりと見つめた。「いつまでもこうしていたいけど、お母様はランチを待っていてくださるんでしょう？」

「本当だ、うっかりしていた」と言って彼は座り直し、もう一度愛撫するようにキャリーを見つめてから車を出した。「ネックレスがよく似合う」

「カフスボタンも」キャリーははにかみながらお返しを言った。薄青のシャツの袖口にプレゼントしたカフスがはめられているのを認めて、うれしさがこみあげた。

三十分後、ローガンの愛情にしっかりと守られながらキャリーはミセス・キャリントンの家のドアの前に立った。車を降りるまではずっと笑い合っていたのだが、やがて義母になる人にははじめて会う緊張がつのっていく。「わたしの様子、おかしくないかしら」気になってキャリーはきいた。

「美しい」

「真面目になって、ローガン」

「真面目だよ、キャリー。とても美しい。その薄物はよく似合ってる」

彼が薄物と言った黄褐色と茶色のスーツは、風合いよくすらりとした体を包みこみ、ハイヒールのせいもあってキャリーの姿はとてもすっきりと自信にあふれている。

「ほんとに？」メイドがドアを開けてくれるのと重なったのでそれ以上は念を押せなかったが、ローガンはメイドに気さくに挨拶《あいさつ》をしてからキャリーにほほえみかけた。

「本当だとも。きみを見て母がどんな顔をするか、楽しみだよ」

暖炉の傍らの椅子から年輩の人が立ち上がった。白髪まじりの髪にはゆるくパーマがかかり、グレーの目には心の優しさがにじんでいる。ミセス・キャリントンの背の高さはキャリーと同じくらいだった。立ち居は年齢のせいでおっとりとはしているが、体つきはくずれてはいない。ブルーとグリーンをあしらった薄物を着ていた。

「ローガン！」彼女は心のこもった迎え方をして息子のキスを頬に受けた。

後ろに隠れるようにしているキャリーをローガンが前に出す。「母さん、キャリー・デイです。ぼくのフィアンセですよ」

ミセス・キャリントンは思いもかけない様子だったが、すぐ顔いっぱいに喜びがあふれた。「まあ！

わが家へようこそ」と熱っぽく言ってキャリーの頬にキスをした。「なんてうれしい日かしら。ローガンには結婚する気がないと思っていたんですよ」うれしさをそのまま声にした感じだった。

彼はキャリーのウエストに腕をまわしてにこにこしながら言った。「この人を一目見て、我を忘れてしまったんですよ」

「そんな様子には見えなかったわ」ミセス・キャリントンの喜びように裏がないことがはっきりとわかって、キャリーの緊張はたちまちほぐれた。

「見えなかったかもしれないけど、そうだったのさ」ローガンはかすれた声で笑った。

「シャンパンでお祝いしなくては！」ミセス・キャリントンは顔を輝かしている。「キャスを呼んで、ローガン」

「十二時半にシャンパンね」と言いながら彼は呼び鈴を鳴らした。

「何時だって関係ないでしょう。ああ、ローガン、これ以上のクリスマス・プレゼントはないわ」

それをしおにプレゼントを交わし合った。キャリーがもらったのはシャネルの香水だった。

「まさかローガンが娘になる人を連れてくるとは思わなかったんですよ。わかっていたらもっと選べたのにね」メイドにシャンパンの用意を命じてからミセス・キャリントンはキャリーのプレゼントの花瓶にばらを生けはじめたが、車まわしに車が入ってくる音を聞きつけて窓の外に目をやった。「それに、身内の人たちも……」

「母さん、まさか！……」とうなるように言ってローガンは目を閉じた。

ミセス・キャリントンはあわてた様子だった。

「でもそういう習慣なんですもの、ローガン。クリスマスの日のランチはいつもあの人たちがやってくることになっているでしょう？」

「それはそうだけど、これぱっかりはまったくいやな習慣だ」とローガンは吐き捨てるように言った。

「ローガン、顔に出すのだけはやめてね。いくらあの人たちのことが嫌いでも、気をつけて」

母親にそう言われてローガンはなおさら不平そうにソファのキャリーの傍らに腰を下ろした。「まったく。うっかり忘れてさえいなかったら、来なかったのに」

彼の言っていることなどキャリーの耳に入ってはいなかった。ショックに目を見開いて、サー・チャールスとレディ・スペンサー、それにドナルドが部屋に入ってくるのを見つめていた。

「この人たちが……あなたの……」

ローガンはうなずいた。「叔父と叔母と意志薄弱ないとこさ」

頭からすうっと血が引いていく。レディ・スペンサーがぞっとしたような顔つきになった。

「まあ！」

「なんてことだ！」サー・チャールスの顔には、とても信じられない、という表情が浮かんでいる。

「キャロライン？……」ドナルドが眉をひそめる。

キャリーはふらふらっと立ち上がった。足で立っているという気がしない。悪夢、と思った。

ローガンも立ち上がってキャリーのウエストをしっかりと支える。「わたしのフィアンセには初対面ではない様子ですね、あなた方は」

「フィアンセ？」レディ・スペンサーは甲高い声で言った。「結婚するということなの、この……このお方と？」その言い方には精いっぱい皮肉がこもっていた。

ローガンの目が険しくなった。「そうですとも。それがどうしました？」

「ローガン！」ミセス・キャリントンが訴えるように言った。

「すみません、母さん。でも、スーザン叔母がとても失礼な言い方でキャリーを……」

「キャロライン、だろうが」ローガンの叔父がそうさえぎり、念を押すように言った。「キャロライン・デイ」

「ええ」ローガンはうなずき、ちょうどシャンパンの用意をしてきたキャスを手を振ってさがらせた。

「まったく抜け目がないな、おまえは」ローガンの叔父は怒りをむき出しにして言った。「あの日わたしのオフィスではなんの興味もないという顔をしていたのにな。こんな策略をめぐらしていたなんて、夢にも思わなかった」

ローガンはもどかしそうに言った。「策略って？」

「きまってるだろう。キャロラインと結婚して持ち株を増やす魂胆のくせに」

「いや！」痛みに全身を貫かれてキャリーは思わずうめいた。「そんなことはさせないわ、ローガン」

「いったいなんだっていうんだ、キャリー……」

「キャロラインよ」キャリーは金切り声で叫んだ。「わたしはキャロライン・デイだわ。はじめから知っていたのね」キャリーは彼の腕を振りほどいた。「よくもこんなことが……こんなことが……できるわね」息を詰まらせながらそう言ってキャリーはまじまじとローガンを見つめた。

この人の言ったことはみんな嘘《うそ》。この人が言ってくれた愛の言葉はみんなまやかし。婚約も結婚も……。

キャリーは指輪を抜いてローガンに渡した。「もう要りませんから、これは」自分でも驚いたことに震え声にもならずにそう言えた。

呆然《ぼうぜん》とした目つきになってローガンがキャリーを見つめる。「結婚するはずだろう、ぼくときみは」

「あなたのお母様がこの方たちをよんでいなかったら、そうしていたわ」と言ってキャリーはミセス・

キャリントンのほうを向いた。「おかげさまであざむかれずにすみました、ミセス・キャリントン。あなたがこの……まやかしに無関係なことはわかっています」キャリーの声が少しだけだがやわらぐ。「ジェフはいつもあなたのことだけはなつかしがって話してくれました」ローガンの母親が、ジェフがときどき情をこめて話していた姉のシシー……キャリーはそう悟っていた。

「ジェフ?」ローガンがとがめるようにきいた。「まさかきみが口にしていたジェフがジェフリー叔父というわけじゃないだろうね?!」

キャリーは軽蔑《けいべつ》をこめてローガンを見つめた。この期に及んでまだしらばっくれようとしている、という思いで胸は裂けそうだった。「とぼけるのはやめて、ローガン。もう真相がわかったんです。お芝居はやめてください」

「真相だって? だけど、ぼくは……きみだったのか、叔父と一緒に暮らしていた女というのは?」彼の目がせばめられ、氷のように冷たく光る。

「とっくに知ってるくせに!」

「ひどすぎるな、ローガン」ドナルドが口を出した。「こんなやり方でスペンサー・プラスチックを支配下に置こうなんて」

「よけいな口出しをするな、ドナルド」ローガンは声をとがらせて髪をかきあげた。

「よけいなことかしらね」レディ・スペンサーがいじわるく言った。「あなたは陰険なやり方で出し抜いたんですからね」

「出し抜いた?」ローガンの目がとがる。

「そうとも」ドナルドが顔を紅潮させた。「もともときみがさずけた策略じゃないか」

「それはそうだ」ローガンは暗い目でキャリーを見つめた。「だけどあのときはミス・デイがこんなに若くて美しいとは思ってもいなかったんだ」

「だが、そうだったから自分で結婚することにした」サー・チャールスがきめつけるように言った。

「ローガン、おまえはわたしたちをだまし討ちにしたも同然なんだ」

「しくじった腹いせか」とローガンはうめくように言った。

「同じ穴のむじななのね」キャリーは身を切られるような思いでローガンたちのやり合いを聞いていた。ローガンの求愛はやっぱりいんちきだった。あんなに本心からの様子だったのに。やすやすとまるめこまれ、少女のように首ったけになってしまって……でも、もう少女のようではいられない。実際キャリーは、急に大人になった気がした。スペンサー家の人たちとはとっくに闘う気になっているけれどローガンに歯向かうには何倍も気持を引き締めなくては、とも思った。

「手を引くことだな、ローガン」サー・チャールスが言った。「おまえにスペンサー・プラスチックを牛耳らせはしないからな」

「わたしだって同じだわ！」キャリーは嫌悪をむき出しにして言った。

ローガンはサー・チャールスに返答をしたが、目はキャリーから離れない。「どうしてぼくがスペンサー・プラスチックをほしがります？ ぼくには自分の会社だけで充分だ」

「あなたみたいな方にはそれだけでは足りないわね」キャリーは軽蔑をこめて言った。

「あなたみたいな方？」ローガンの声は気味の悪いくらい穏やかだった。

「お金の亡者、ということだわ！」

「まあ、なにもそこまでおっしゃらなくてもよろしいのに」レディ・スペンサーが気持ちよさそうな言い方をした。

「そうでしょうか」キャリーはレディ・スペンサー

に冷たい視線を投げた。「これから言いたいことを言おうと思っているんですけど」

「言いたいことはとっくに言ったはずだ」ローガンの声は氷のようだった。

「ローガン……」

「口をはさまないで、母さん」ローガンが押さえつけるように言った。

「何もおっしゃらないでください」ミセス・キャリントンがおろおろしているのを見るに見かねてキャリーもそう言った。シスリー・キャリントンが腹黒くもなく強欲でもないことははっきりとわかる。ジエフが好きだったはず、と思った。「こんなことになってしまってほんとにすみません。ジェフもあなたのことだけは傷つけたくないはずですから」

「ジェフ?　ジェフって……弟のジェフリーのこと?」いままでの話はミセス・キャリントンの耳には入っていなかったらしい。

「そうにきまってるじゃないか、シシー」サー・チャールスがじれったそうに言った。「ジェフという言い方で何もかもわかるはずだ」

ミセス・キャリントンは姉らしくもなくいっそうまごついてしまっている。「でも、そう言ってても……ジェフリーがキャリーとローガン二人のことにどうかかわりがあるの?」

「大ありなんです」ローガンが感情を抑えこんだ声で言った。

ミセス・キャリントンが何か言おうとするのをレディ・スペンサーがさえぎった。「よろしいこと、シシー。ジェフリーが亡くなるまで一緒に暮らしていたんですよ、キャロラインは」

「このキャロラインが、一緒に?」シスリー・キャリントンがじっとキャリーを見つめた。明るいグレーの目に激しい困惑が浮かんでいる。

「ええ、一緒に」とキャリーはうなずいた。

「でも、まさかあなたは……」

「母さん、あとでゆっくり話しますよ、母さんには残念な話になるけど」

「あなたとキャリーは結婚しないとでも？」ミセス・キャリントンの顔には失望の色が表れている。

「するもんですか！」

「死んでもいやだわ！」

二人は同時に叫ぶように言っていた。「だけど、きみは死んでいたほうがよかったんだ」とローガンは続けて冷えきった声で言った。

その声のあまりの冷たさにキャリーは青ざめた。

「失礼して荷物を詰めてきます。これで帰らせていただきます。どなたにも、メリー・クリスマス」取ってつけたようにそう言い添えてキャリーは二階に向かった。あてがわれた部屋のドアを閉めたとたんに、いままで張っていた肩ががくりと落ち、涙がこみあげた。


ついさっきまではあんなに幸せだったのに、いまはその幸せな気持は無惨に打ち砕かれ、はっきりと考えようにも気力がわいてこない。いままでのことがきれぎれに思い浮かび、あの偶然の出会いも、ダニエルと切れてキャリーを特別扱いしたことも、一線を越えるのを避けたことも、みんな巧妙な策略と思いあたるだけだった。

叫びたいのをこらえながら、スペンサー・プラスチックに関するビルの報告書をぱらぱらとめくった。大事な書類をフラットに残しておけなくて持ってきていたのだった。

ビルの几《き》帳面《ちょうめん》な筆跡で株主の名が列挙されているのが目に入った。キャリー自身の姓名とサー・チャールスとシスリー・キャリントンの名が列挙され、シスリー・キャリントンの名の下には代行者としてローガン・キャリントンとはっきりと記されている。

ジェームス・シーモアに厄介者扱いされていた甥《おい》

がドナルドのことではなかった、といまになってキャリーは悟った。そう、あんな毒にも薬にもならない人が毛嫌いされるはずはない、と思った。

「笑顔が作れる気力があるなら安心だな」軽蔑のこもった声が響いた。

キャリーはローガンのほうに向き直った。ごくりとつばをのみこんで気後れを抑え、胸の中が打ち砕かれていることなど顔には出すまいと心にきめた。

「いったいなんのご用？」決心をそのまま声にして彼女はきいた。

「話しにさ」彼の口元が皮肉っぽい色を浮かべる。「ほかに何がある？」ローガンはためらいなく部屋に入り、後ろ手にドアを閉めた。

彼が一歩一歩、近づくにつれて、キャリーのおびえはつのった。

7

「話すことなんてわたしにはないわ」キャリーは精いっぱい気を張って言った。

「きみのほうにはなくても、ぼくのほうには山ほどあるんだ」彼の冷たい視線がキャリーの手にしている書類へ移った。「大事なものらしいな」

返事にとまどっているキャリーの手から書類がひったくられた。「返して！　よくもそんなことを！」と彼女は叫んだ。

「ぼくがどういう男かわかってくれてもいいころだけどね、キャリー……キャロライン」彼は険しい口調で言いながら、書類に目を通しはじめた。「なるほど、下調べがすっかりついているわけか」と言って書類ばさみをぱたんを閉じてベッドにほうり投げ、彼はズボンのポケットに荒っぽく両手を突っこんだ。

「だけど細工は流々というわけにはいかなかったな。だますならドナルドにしておけばよかった。ドナルドはまだ株を持ってはいないけれど、それも時間の問題だ。チャールスが死ぬか引退するのを待てばいいわけだから」ローガンの口調はいっそうあざけるようになった。「チャールスが引退するまでは間があるとしても、ぼくより手ごわくはないからな」

「どういうことなのか、さっぱりわからないわ」キャリーは顔をこわばらせた。

「スペンサー・プラスチックを自由にさせはしない、ということさ。何をとぼけてる」

「とぼけてなんかいません」

「ぼくが結婚の罠《わな》につかまっていたとしても主導権を握るのはぼくのほうにきまっているということだ」

「そうでしょうとも。細工は流々というのはあなたのほうでしょうから」

ローガンの口元がゆがむ。「立場を逆転させないでほしいな、キャロライン。だったのいままで、きみが誰か思ってもみなかったんだ」

「嘘《うそ》ばっかり！」

「とにかくきみのほうははじめから何もかも承知していた」彼は書類ばさみのほうに視線を投げた。

「そんな、承知してなんか……」

「ごまかしたってむだだよ、キャロライン。きみの演技はまったく見上げたもんだ。はにかんでみせたりして、男を引きつける。ころっとだまされてしまったよ、見せかけがうまいんで」

「あなたのほうだわ、見せかけがうまかったのは！」

「いいかげんにするんだな、キャロライン。もうわかってるんだよ。たとえきみが株を半分譲るからと言っても、結婚の意思はないんだ」

「わたしのほうこそお断りだわ！」キャリーの目はぎらぎらと燃えた。

「だとするとやっぱりドナルドが血祭りにあげられるわけか」軽蔑《けいべつ》のこもった険しい声だった。「彼はいまでもその気があるし、パパとママも大乗り気なんだ。長期戦にはなるだろうけど、ドナルドがきみにそういつまでも抵抗していられるわけがないからな」

「どうしてそんなふうに曲解するの？」キャリーは両手をぎゅっと握り締めた。「どうしてわたしがだましたなんて言うの？　あなたこそだましたんじゃありませんか、ドナルドがうまくいかないのを見て……」

「あの間抜けのいとこをだましたことなんてない」と彼はさえぎった。

「そうかもしれないわ。もともとあなたの案だったんですものね」

「案だって？」

「そう。わたしと結婚して、スペン……」

「スペンサー・プラスチックを支配するつもりだったなんて二度と言ってみろ、張り倒してやる」彼は怒りをむき出しにして言った。

「どうぞお好きなように」キャリーはひるまずに言った。「そんなことをしたって事実は変わらないわ」

「みんなをだまし続けた事実もな。一つだけきくけど、一線を越えてもいいというのもきみの計画のうちだったのか。ぼくがノーと言わなければそうしていただろう？」

頬がかっと熱くなりキャリーはごくりとつばをのみこんだ。「たしかに、ノーと言ったのはあなただったわ」彼女はそう小声で言った。どぎまぎしてしまって顔を上げられない。

「拒否されたから欲望がつのった。そうだろう？」

さげすみを浮かべて彼は言った。

「そんな……」

「いや、そうだとも。そのほかのことは、愛の言葉さえまやかしだとしても、ぼくに応《こた》えたことだけは偽りようがないだろう」

キャリーはくるりと背を向けた。「そんなの、嘘だわ！　あなたに触れられると鳥肌が立ったわ！」

「そう。だったら試してみようか」あざけるように言って彼は近寄ってきた。

おびえるキャリーを彼は乱暴に抱き締めた。「いや！」キャリーはこぶしを作って彼の肩といわず胸といわずたたき続けたが、唇は乱暴にふさがれてしまった。

侮辱するのが目的なのははっきりしているので、もちろん応えるわけがない。だが荒々しい抱擁はとても巧みなキスに変わり、ウエストや背中を愛撫《あいぶ》されるたびにキャリーの背筋に戦慄《せんりつ》が走った。それを待っていたかのように彼は抱擁を解いた。弱々しくもたれかかろうとするキャリーを突き放すようにして彼はあざけった。「鳥肌が立ったかね？」

「わたしはただ……」

「ごまかそうとしなくていいんだ、キャロライン。きみのつもりはどうでも、とにかくぼくのすることは気に入ってるんだから」

「だから、何？」キャリーはうろたえを隠せずに挑むように言った。

「叔父にこうされるのもさぞかし好きだったんだろうな」

キャリーは全身をこわばらせた。「叔父にって……ジェフのこと？」

「そう、ジェフさ。なにしろぼくの叔父だからな」

「あなたなんかと比べものにならない人だわ！」

「つまり好きだったわけか、こうされるのが」

「いったい何を言ってるのか……」

「どのくらい一緒に暮らしていた？」

「四年ほど。でも、その二年ほど前から知っていたわ」

「だとすると十六歳か、彼に出会ったのは」

「そのころだわ」キャリーは眉をひそめながらうなずいた。

「なんてことだ！」

「わたしの年がなんの関係があるの？」

「べつに。ただ、二十二歳の顔の裏側にしたたかな女が隠されていたなんて夢にも思わなかっただけだ」

「どういうこと？」

「叔父とは二十三も年が離れていることをなんとも思っていないんだから、どうこう言ったってはじまらない」

「なんともって？」

「いい勉強になったよ、おかげさまで」彼は吐き捨てるように言った。

ののしられているということはわかるのだけれど、なんの話なのかはどうも腑《ふ》に落ちない。いぶかしいままにキャリーは言っていた。「わたしだっていい勉強になったわ。あなたがこんなに卑しい人だったなんて知らなかったんですもの」

「よくもそんなことを。それはこっちが言いたいせりふだ。きみはぼくには若すぎると思っていたけど、きみと叔父が一緒にいるところを思い描いただけで……吐き気がする！」

キャリーは息をのんだ。「ジェフとわたしが、なんですって？」

「一緒にだよ、きまってるだろう。父親といってもいいほどの年の男の愛人でいることが、そんなによかったのか？　彼に抱かれるのがそんなに好きだったのかね？」

キャリーの顔はたちまち蒼白《そうはく》になり、喉が締めつけられて息もできない。「まさか、ジェフとわたしが、そんなことを……」

「まさかなもんか。叔父が四年間、誰かと暮らしていたことは、一族のみんなが知ってるんだ」

「誰と暮らしていたか知ろうともしないで、そんなことを。ジェフがどういう人か知りもしないで」

「知るわけがない。十歳かそこいらのころからずっと会ってもいないんだ」

「とにかく知りもしないでいやなことを言いださないで。わたしはあなたの叔父様と一緒には暮らしていませんでしたし……」

「暮らしていたと認めたじゃないか！」

「でもそれはあなたが言うような意味では……」

「違う暮らし方があるんだろうかね」彼はあざ笑った。「いったいどっちなんだ？」

「暮らしてはいたわ。でも……」

「寝てはいない？　いいかげんにしてくれないか、キャロライン……」

「わたしの名はキャリーだわ」キャリーは早口にさえぎった。「いつもキャリーと呼ばれていたわ」

「正式にはキャロラインだろう。遺言書に書かれるときなんかは」彼は首を振りながら言った。「いままでの経験で女には裏切られどおしだったけれど、まさかこんなことだとはね。いままでぼくが見ていたきみというのは、いったいなんなんだ」

「ありのままのわたしだわ！」ひどい誤解をされてしまっているからだろうか、釈明する気にもなれない。ローガンにどう思われようと、もうどうでもよかった。

「これ以上、何を言っても仕方がないな」ローガンがとてもよそよそしい声で言った。「とにかくきみの計画がうまくいかなくて何よりだよ」

「そんなことをおっしゃるのはまだ早いんじゃあり

ません?」キャリーも精いっぱい冷たい声を出した。

「あなたも言ってたとおり、まだドナルドが……」

「こんなにかわいい顔をして……」怒りがローガンの顔を走る。「まったく、吐き気がする」

「わたしほどではないでしょうね」とキャリーは応酬した。「お互いに幸運だったわけだわ、のっぴきならなくなる前にけりがつけられて」

「まったくだ」

「それでは、これっきりね?」キャリーはバッグを手にした。

「これっきり?」ローガンはことさら険しい顔をした。「これっきりなんてことはない。今度は会議室のテーブルをはさんで会うことになるさ。そうきみに都合よくばかりはいくまいがね」

「さあ、どうかしら」

　ローガンを含めた一族の人たちを敵にまわすのは大変なこと、と思った。でもいまのキャリーの胸はジェフの思い出を汚されたくやしさでいっぱいだった。自分のことはどう思われようと、とまで思い詰めているのは、それだけ気が張っているということだろうか。ジェフとは血肉を分けているのに情のなさをむき出しにして少しも恥じない人たちに、ジェフがどういう人だったか、みんながどれほど軽蔑に値するか、はっきり言ってあげなくては……でも、いまはまだ時機ではない。いまではなく、いつか時がきたら……。

「仕上げをごろうじろ、というわけか」と言い捨ててローガンはさっさと部屋から出ていった。

　キャリーはひとり取り残された。あまりの心の痛手に泣き叫ぼうにも涙も出ない。気が違ってしまったみたいに脈絡のない思いが渦巻く。

「キャロライン?」ドナルド・スペンサーがドアのところでためらっている。「入ってもかまわない?」

「かまうわけないでしょう」あざけるように言って

キャリーは必要もないのにスーツケースを開け閉めした。「どうせ出るところだわ」

「いや、それで……よかったら車で送ろうかと思って、きみさえよかったら」

　気弱な言い方が神経にさわったが、ローガンに連れてきてもらったので帰りの足がないことに思いあたった。「でも、あなたは着いたばかりじゃないの」語調はあらためずにキャリーは言った。

「そんなことはかまわない」

「でも、クリスマスだわ」

「だからさ。今日はバスも動いてないはずだし、タクシーだって無理のはずだからね」

　たしかにそうだった。だが、この一家の誰かの世話になりたくはない、という強い嫌悪が頭をもたげる。シスリー・キャリントンだけは除外して考えてもいいかもしれないけれど……でも、送ってもらうとなったらローガンはどんな顔をするだろう。やっぱりドナルドが血祭りにあげられるわけか、と彼は言ったばかりなのだ……。

「キャロライン？」とドナルドが返事を促す。

「いいわ」とキャリーは言った。「でも、すぐ出るわよ」

「もちろん承知してるよ。すぐ行こう」ドナルドはキャリーの手からスーツケースを取った。「善は急げだ」

　ドナルドを従えるようにして階段を下りた。ドナルドは足を急がせて客間に通じる両開きのドアをキャリーのために開いた。

「ありがとう」と口先だけで言ってキャリーはゆっくりと客間にいる一人一人に視線を向けた。

　シスリー・キャリントンは相変わらずうろたえきっている。レディ・スペンサーもサー・チャールスもいらいらした顔でいる。キャリーの視線は最後にローガンの視線に出合った。軽蔑しきった目がにらみつけている。キャリーの目もさげすみを隠さない。一時間前には、こんな素敵な人はほかにいない、この人と添いとげたい、と思っていたのに、いまは憎らしくてこの人を傷つけるためならどんなひどいことだってする、とさえ思っている。

息子の手にキャリーのスーツケースがあるのを見て、レディ・スペンサーの顔がぱっと明るくなった。

「それではすぐお発《た》ちなのね？」と取ってつけたような作り声で言った。

キャリーの口元がゆがんだ。「はい。ドナルドがわざわざ送ってくださるそうですから」

「どなたか飲み物は？」さえぎるように言ってローガンはボトルの並んだ棚にずかずかと向かった。誰も返事をしない。

彼は大ぶりのグラスにウイスキーを注《つ》いでひと息に飲みほしてから、また注いだ。

「まだ早いんじゃないの、ローガン？」彼の母親が眉をひそめながら言った。

「祝杯をあげようってさっき言ったばかりじゃありませんか」

「でも、あれはシャンパンのことですよ」

「同じようなもんです」ローガンはまたウイスキーをあおった。「行くならさっさと行ったらどうだ、ミス・デイ」と彼は乱暴な口調で言った。

キャリーの頬が紅潮する。「いま行きます。ただ、あなたのお母様にお断りしてからと……」

「さっさとすませるんだな」

「ローガン！」ミセス・キャリントンがたしなめた。

「あなたがこんな失礼なことをするなんて、いままで一度も……」

「それはそうです。キャロラインみたいな女ははじめてなんだから。男に酒をあおらせる美女ってわけだ。自殺した男だっていたかもしれない」ローガンの目がじつに険しくなる。「ジェフリー叔父は事故死だったそうだけど、何か思いあたることでもあるんじゃないかね、キャロライン？」

キャリーの目は怒りに燃え、ほかの四人が、あっと声をあげる間もなく、ローガンの青ざめた頬にキャリーの手の跡がくっきりと残った。

「こんなことをして後悔することになるぞ」ローガンが押し殺したような声で言った。

「さあ、どうでしょう」キャリーは冷たく言い放ったが、手がずきずきと痛んだ。「いいかしら、ドナルド？」

「ああ……もちろん」ドナルドはひるんでいる様子だった。

ローガンの顔に軽蔑が浮かぶ。「取って食われるぞ。この女にとってはおまえなんて朝飯前だ」

「そうだわ、ドナルドには明日の朝食までいてもらってもいいわ」ローガンの顔がさっと青ざめるのを目にしてキャリーはいい気味と思った。「すぐお会いすることになるわね、ローガン」

「そうなるだろうな」

ドナルドが話しかけてきたのは車がロンドンへ入ってからだった。「ローガンはまったくひどいことをしたな」と独り言のように彼は言った。

「なんのこと？」もの思いから覚めてキャリーはドナルドに目を向けた。

「つまり……あんなふうにきみをだまして……」

「そのことなら、あなただって同罪でしょう？」

ドナルドの顔が赤くなる。「とんでもない、そんなこと！」

「そうかしら。少なくともこれからはもっと正直になってほしいわ」キャリーはこめかみにそっと手をあてた。「不誠実な人ばっかりですもの」

「キャロライン、きくけど……」ドナルドがちらっとキャリーに視線を投げる。「ローガンのことは、こたえてるの？」

「こたえてなんかいないわ」キャリーはしゃんと背筋を伸ばした。「ただのゲームだったの。どちらも負けのゲーム」

「きみは負けちゃいないさ。ぼくが残ってるもの」

「そうかしら？」

「そうにきまってるじゃないか」

「でも、スペンサー・プラスチックがあなたの自由になるわけじゃないでしょう？」キャリーは話をそらすようにしてそう言った。

ドナルドは下唇をかんだ。「だけど、父の自由になるというわけでもないんだ。父は大弱りなんだ」

「どうして？」

「父は事業を拡張したがってるんだ。だけど、ローガンが反対してる」

「あら」

「いつもだと父に反対することはないのに、今度に限って大反対してる。事業の拡張をきみはどう思う？」

「さあ、なんとも言えないわ。内容を検討してみないと」ローガンに逆らうほうにまわりたかったけれど、キャリーはあたりさわりのない返事をした。

「父はすぐにでも詳しいことを話すと思うけど」

「またにしてほしいわ」

「クリスマス休暇が明けてから？」

「そうね」キャリーはまたどっちつかずの返事をした。

道路はがらがらだったので、またたく間にフラットに着いた。

「ありがとう、ドナルド」キャリーは急いで北風の吹きすさぶ舗道に降り立った。

ドナルドがトランクからスーツケースを取り出す。

「寄っていってもいい？」

「だめ！」思わずにべもない言い方になってしまったのに気づいてキャリーは声を抑えた。「このまままっすぐ帰ったらランチに間に合うでしょう？」
「だけど、きみと一緒のほうが……」
「あなたの伯母様が待ってらっしゃるわ、ドナルド。休暇が明けたら電話をください」

フラットは出ていったときのままだった。にぎやかに飾られたツリーや箱からのぞいているプレゼントのネグリジェやナイトガウンが、からかうようにキャリーを迎えた。キャリーがまずしたのは、そのプレゼントを全部、さっきローガンに返すのをうっかりしていたネックレスも含めて、包み直すことだった。

何をする気力もなく日を送った。テレビのスイッチを入れ、代わり映えのしない人たちが屈託なさそうに顔を並べている年末番組にぼんやりと目をさらす。食事はほとんどしない。そのせいで青ざめ、やつれていった。

ジェフのアトリエにはずいぶん足を踏み入れた。ジェフが生きていたころはそこはこの上なく神聖な場所だったし、いまも次の展覧会のために制作中だった作品が並んでいる。

中でもいちばん好きな女性像の前にキャリーはたたずんだ。その作品は仕事台のわきという特権的な場所を与えられていて、インスピレーションの枯渇に見舞われたときのジェフの励ましになっていた。本物のアーチストだったから、彼はしょっちゅうスランプに悩まされていた。

高さは六十センチそこそこで、腰から下に薄い布をまとっている。ウエストは細く、胸は形よく張り、すらりと首を伸ばした顔はとても美しい。病苦のかけらも表れてはいない。その顔をまじまじと見つめているうちにキャリーの胸には悲しみが迫った。

母の像なのだった。熱愛者の目によって高められた神々しいまでの母の姿。もちろんジェフが母と結婚しキャリーの義父になったころには母はこんな若々しい容姿ではなかった。その母に半年前に死なれてから、ジェフは生きる張りをなくしてしまった様子だった。もちろん、だからといってジェフが自分をあやめようとした、死に急いだ、とは絶対に思わないけれど。

キャリーは母によく似ていた。だが母の顔は病苦のせいで年齢よりもずっと老けていた。ジェフはあきらめかける母を励まして次々に専門医の治療を受けさせた。そんな彼も最後には母を甘んじて死の手にゆだねなければならなかったのだが。

彼が母子の前に現れたのは六年前だった。母はことさら彼に邪険にするようだったが、ジェフはそれこそドアの前に居座る感じに日参して求婚を続け、とうとう母子と一緒に過ごす許しを得た。死にかかっている女と結婚させるなんてジェフがかわいそうすぎる、と母は頑固に結婚を断り続けたが、それでも正式に結婚して幸福でしかもつらい数年を送ったのだった。

その結婚のことをジェフの一族の人は知らされていないに違いない。そうでなければ、キャリーの母もキャロライン・デイという名であることを知っているはずなのだ。ジェフと結婚し一緒に住んだ女性というのはキャリーの母親なのだから。

あんなに純粋だったジェフと母との交情を知ったとしても彼らはどうせおとしめたにきまっている、と思ってキャリーの胸にはあらためてジェフの一族の人たちへの怒りがこみあげた。

「入ってもいいだろうか？」という声に驚いてキャリーは振り向いた。母の立像に体が触れ、彫像はぐらりと倒れかかった。スローモーションのような倒れ方だったが、キャリーの体は金縛りにでもあったように動かない。だが彫像は床にぶつかる直前に、駆け寄ったローガンの手に救われた。

「ノックはしたんだ」とぞんざいに言いながらロー

ガンは手にした立像をまじまじと見つめた。「聞こえなかったようだな」

「ええ」キャリーはローガンの手から母の像をひったくるようにして、台座にすえた。「なんのご用です？」とよそよそしい声で言いはしたが、彼を近々と見ているうちに胸が騒いで、意気ごみが砕けてしまった。

彼は目をせばめるようにしてじっとキャリーを見つめている。髪には雪片の溶けた水滴がちらばり、シープスキンのジャケット姿がとてもたくましい。彼はすぐ彫像に目を移して、吸い寄せられるようにそのわきに寄ってきた。「大変な誤解をしてしまったかと思って来たんだけど、やっぱりそうじゃなかったらしい」そう彼はなじるように言った。

視線を彫像に向けたキャリーは、はっと気づいた。この人はこの彫像をわたしの像だと思っている！　母なのに、わたしだと……。

「素敵でしょう？」キャリーは挑みかかるように彼を見上げた。

「実物そっくりだ」と言いながら彼は彫像の胸に手をはわせた。

「やめて、そんなこと！」キャリーは彼の手を払いのけた。「よくも……よくも、そんなことが……」涙のにじむ目でキャリーはローガンをにらんだ。

彼の口元がゆがむ。「実物に触れた感じを思い出していただけだ」

「実物には触れたかもしれないけど、ミスター・キャリントン」キャリーは声を励まして言った。「本当のわたしには触れさえしなかったのよ、あなたは」

「触れさえしなかったって？」

「ええ。エキスパートに愛されたことがあれば、アマチュアなんてただの間に合わせだわ。そうでしょう？」

「そんなに差があった？」彼の目が危険な色を帯びる。

キャリーはしげしげとローガンを見つめた。「ジェフにそっくりなところもあるわね」いままでは全然気がつかなかったけれど、そっくりと言ってもいいくらいだった。同じように豊かな褐色の髪、たくましい体つき、鋭い目。ジェフの目の色は濃い青だった。ハンサムという点ではもちろんローガンに軍配を上げなくてはいけない。「きっと彼のことが気に入ったと思うわ」思いついたままをキャリーは言った。

「まさか」とにべもなく言ってからローガンは急に眉をひそめた。「この作品はなんとなく見覚えがあるな」彼は別の彫刻を手に取った。長年の重労働で腰の曲がった老人の像だった。「ソーントン、じゃないか？」

「ええ、そう」

「知ってるの？」

「もちろん」

「じゃあ、叔父だけが相手というわけじゃなかったのか」彼は責めるようにそう言った。

「ばかなことを言わないで！　ジェフ・ソーントンはあなたの叔父様だわ」

彼は目を見張った。「叔父が、これを？」と言ってから彼は作品を注意深く台座にのせた。

「ええ」とだけ言ってキャリーはさっさと表ドアへ向かった。帰ってください、と口で言うよりも早いと思って。

ローガンも察して大またについてきながら言った。

「叔父だったなんて、思いもしなかった。ポーズをとったんだね、あの彫像を作るときに？」

「いいえ」

「じゃあ、記憶をたどったわけだ。あれは売り物だろう？」とても耳ざわりなきき方だった。

キャリーの顔は青ざめた。「あなたが全財産を投げ出しても買えないくらいの値段だわ！」

彼の口元が皮肉っぽくゆがむ。「投げ出す気はないし、いまのきみにはそんな金は必要もないだろう。叔父のおかげで大金持になったわけだからね」

キャリーは無言のままローガンをにらんだ。

「勤めをやめないのも、ここを引き払わないのも、きみとしては上出来だったな。そんなことをしていたら、とっくに化けの皮がはがれていたからな」

「あなたのほうはどうかしら？」キャリーは目にあざけりの色を浮かべた。「一族の人たちに会わせたせいで化けの皮がはがれたんですものね」

ローガンはため息をついた。「芝居はもうやめたはずだ」

「わたしはね。でもあなたは違うわ」

「きみがスペンサー・プラスチックを自由にしようとするのを、黙って見てはいない」

「わたしだってあなたに同じことを言うわ」

「まったく、ああ言えばこう……」

「もうやめましょう」ぴしゃりとキャリーは言った。

「今度、会うときは会議室のはずでしたわ」

「事業を拡張するというチャールス叔父の計画に乗るわけだな」

「かもしれません」

「何もかもふいになる。スペンサー・プラスチックの業績ではとても拡張は無理なんだ」ローガンはじっとキャリーを見つめた。「ジェフリー叔父も反対してたんだよ」

「ジェフが？」キャリーは目を見張った。

「そう。前の株主総会の議題だったし……」

「ジェフが出席を？」

「いや。いつもシーモアを代理人にしていた。とにかく彼は反対だった」

「ジェフは資本主義を信用していなかったんです」

「きみも？」

「それは、わたしも……」

「だったら、反対なんだね？」

「そのことは……サー・チャールスと話し合ってから……」

「ドナルドとも？」

「ええ」つんとした顔つきのままキャリーはうなずいた。

「ぼくのほうが夫としてはいいとは思わない？」

キャリーの頬にかっと血が上り、すぐ青ざめた。

「夫には向かないわね、どんな女でも」

「だったら愛人になるしかないわけだ」

「ドナルドと結婚するまで？　それとも、してからということ？」激情がひそんでいるような彼の目にじっと見入りながらキャリーはそう言った。進んで危険な罠に飛びこんでしまったような気がした。

「結婚式が挙げられればの話だ」

「あら、すぐだと思うわ」

「それなら結婚してからということにしておこう」

「あなたなんて必要ない、と言ったら？」

「言えないはずだけどね」

「言えるわ」

「言えなくさせるのは簡単だ」

「お手並みを見せていただこうかしら」

ローガンの目がせばめられる。「叔父が亡くなってからもう四カ月になるんだ。欲求不満のはずだけどね」

「ドナルドがいるわ」とっさにキャリーは言った。

ローガンの顔にさげすみの色が浮かぶ。「手ほどきからはじめるわけか」

「ドナルドは覚えるのが早いわ」ローガンににらみつけられて、もう引き返さなくては、と気づいた。

「おっしゃりたいことはもうおっしゃったはずですけど……」

彼はアトリエのほうに視線を走らせた。「見たいものも見た」

「では、帰っていただけますね？」

「言われるまでもない」

「お返しします」彼のクリスマス・プレゼントをキャリーはローガンに押しつけるようにした。

彼は無視した。「ぼくは要らない」

「要らないわ、わたしだって！」

「じゃあ、誰かにあげたらいい」彼はドアのところで立ち止まって、黒みの増した目でキャリーを見下ろした。「ドナルドではもの足りないと思ったときにどこへ連絡をくれたらいいか、念を押すまでもないな」

「行ってしまうのね」急に脚から力が抜けていって、キャリーはドアに寄りかかった。

「ああ、行ってしまうとも」と言って彼はキャリーを荒っぽく引き寄せた。「だけど、今夜は眠れないだろう、お互いに」彼は乱暴にキャリーの唇を求め、キャリーの華奢《きゃしゃ》な体が弓なりにたわむほどに抱き締めた。是が非でもキャリーに応じさせようとする抱擁だった。やがて彼が顔を上げた。キャリーの脚は骨抜きになってしまい、彼にすがりつくようにしていなくてはならなかった。「眠れない夜がずっと続いたんだな、ぼくもそうだったけど」と言って彼はキャリーを押しのけた。

　キャリーはやっとの思いで立ちつくしていた。唇に舌をはわせたが、唇はしびれきっている。「あなたが眠れなかったのは、良心の痛みのせいでしょう」とは言ったが、まるで他人の口を借りている感じだった。

「きみにもあったら、だよ」というのが彼の別れぎわの捨てぜりふだった。

　エレベーターの音が降りていくのを待ってのろのろとドアを閉じ、そのままドアにもたれかかって過敏になっている神経を静めた。それからまっすぐ電話に向かい、気の変わらないうちにと思って手早くダイヤルをまわした。「ドナルド・スペンサーをお願いします」と執事に言って、じっと受話器を耳にあてたままでいる。

「ドナルド？　キャリー……キャロラインです」とあわててキャリーは言い直した。「デートのことを言ってらしたわね？　明日のディナー？　うれしいわ」努めて明るい声を出してキャリーは応じたが、受話器を置いたとたんにから元気は飛んでいってしまっていた。

8

翌日、休暇明けのオフィスからもどると、マリリンたち三人がフラットに帰っていた。

「何カ月も会えないのかと思っていたわ！」キャリーはポールを抱き締めた。赤ちゃんの無邪気さがいまのキャリーには何よりの慰めだった。

マリリンが顔をしかめた。「ビルがとても我慢できないって言うの。とにかく帰ることにしたのよ」

「うれしいわ、ほんとに！」

「そう言ってもらえるのはうれしいけど」マリリンはキャリーの顔をまじまじと見つめた。「ちょっと熱烈すぎる歓迎ぶりだわ。わたしの気のせいかしら？」

キャリーはため息をついて、ポールをおもちゃのところへ下ろし、「気のせいじゃないわ」と言った。

「ローガン？」とマリリンがきいた。

「ローガンがどうした？」キッチンから出てきたビルがとがめるように言った。「あんな汚らわしい、卑劣な男のことなんか……」

「ポールがいるのよ」とマリリンがたしなめた。

「でも、どうしてそんなことを言うの？」

キャリーがポールの相手をしている傍らでビルが妻にかいつまんだ話をした。

「まあ、ひどい！」やがてショックを受けた声があがった。「彼がほんとにそんなことを？……株のためにあなたを？」

キャリーはうなずいた。「スペンサー家の人たちもローガンも、目的のためには手段を選ばないわ」

「どうだろう、きみさえよかったら」ビルが怖い顔つきになって言った。「彼のところへ押しかけていって、目のまわりにあざを作ってやろうか」

体格から見て、あざを作るのはローガンのほうでないことはたしかだった。キャリーはくすっと笑った。「わたしは別の仕返しを考えてるわ。今晩、彼のいとことデートするの」

「でもその人も悪《わる》なんでしょう？」マリリンが眉をひそめた。

「悪意はないのよ。ドナルドは両親の言いなりになっているくらいの人だわ」キャリーはほほえんだ。「ところで、ビル、スペンサー・プラスチックの事業を拡張するっていう話は？」

ビルは首を振った。「無理だな、それは」

「そう？」

「なにしろ低成長の時代だしな。ひろげるには資金を借り入れなくてはいけない。金利が高いから返済に五年間はかかる。報告書は読んでくれたね？」

「ええ」

「だったら、いまは相当な利益があがっているのはわかったと思うけど、拡張するとなったらその利益は全部、返済にまわされることになるんだよ。それがどういうことかわかる？」

「さあ」

「株主には何も入らないということさ。きみたちのような百万長者にはそれくらいの損失はものの数ではないかもしれないけどね」とビルはからかうように言った。「だからって、五年後に利益がふくらむってものでもないし」

「拡張には反対なのね？」

「反対だな」

「いやだわ」

「どうして？」

「ローガンも反対なんですもの」

「彼に同意するのはいやだっていうことだね？」

「ええ。その件でサー・チャールスと会って話をすることになってるわ」

その夜のドナルドは、キャリーに夢中になっているというふりをしないですむせいか、以前よりも伸び伸びとしていてとても感じがよかった。年に似合わずはにかみ屋なことは相変わらずなので、キャリーにはなおさらありがたかった。

送ってもらう途中で彼が言いだした。「父も母も、新年の親族パーティーにきみにぜひ来てもらいたいって言ってるんだけど」

キャリーの顔がたちまちこわばる。「ローガンも来るんでしょう？」

「来てもらうことにはなってるけどね」

「それなら、やめておくわ」

「来てほしいな、キャロライン。親族パーティーにはローガンはめったに顔を出さないんだよ。それに父ともそのとき、話ができるし」

「いいわ、ドナルド」ドナルドの素直さに免じてキャリーはほほえみながらそう返事をした。

キャリーとドナルドは九時半に、ちょうどたけなわの新年パーティーに着いた。たけなわといっても、いつも行き慣れているパーティーのような騒がしい音楽もやかましい話し声もない。ダイヤモンドをきらめかしたご婦人たちや冠状動脈血栓を二つも三つもかかえているような殿方があちこちにかたまって、知的な会話を交わしている。

「飲み物を取ってくるよ」と言ったかと思う間にドナルドがグラスを二つ手にしてもどってきて、「シャンパンだ」と子供っぽく笑った。

ざっと見渡してローガンの姿がないのにほっとしているところへ、「ようこそ、キャロライン」とわきからレディ・スペンサーに声をかけられた。傍らには目立つ風貌《ふうぼう》の背の高い男性がいる。「マコーレー判事、息子がとても親しくおつきあいしているキャロライン・デイをご紹介しますわ」レディ・スペンサーはその人に言った。

「はじめまして」判事の握手は心がこもっていた。「きっとウェディング・ベルが鳴り響くのは間近ということでしょうな」

「あまり先走らないでくださいな、マルコム」レディ・スペンサーは申し合わせでもするような微笑を息子に向けた。「そうですよね、ドナルド?」

「ええ、母さん」

レディ・スペンサーは判事のひじに手を置いた。「さあ、皆さんをご紹介しますわ、マルコム。とにかくキャロラインには最初に会っていただきたかったんですのよ。本当に察しがよろしくていらっしゃるわ」あだっぽいといってもいいような笑顔をレディ・スペンサーは判事に向けた。

二人が去っていくとすぐドナルドがつかえつかえ言いだした。「母さんは……いや、あの人は……ぼくに高望みをしてるんだ。結婚のことでは」

キャリーは冷ややかな視線をドナルドに投げた。

「あなたが好きな人はぴったりなんでしょう、その高望みに？」

ドナルドの目に警戒の色が表れる。「それは……ぴったりにきまってるさ。きみだもの」

キャリーは彼の腕にそっと手を置いた。「わたしのことじゃなくて、ドナルド、あなたが好きな人のことだわ」

「ぼくが好きなのは……」

「わたしじゃないわ。そうでしょう？」

ドナルドはおどおどした様子になった。「うん」

「よけいなことかもしれないけど、忠告させてもらえるかしら？」

「でも……」彼は眉をひそめた。「聞くよ」

「好きな人と結婚しなさいな、誰のことも気にしないで」

彼はため息をついた。「そんなに簡単にはいかない」

「でも間違いないわ」キャリーは彼の腕を揺すった。「わたしの言うことに」

「やあ、ドナルド……キャロライン」ローガンの声だった。「来ていると思っていたんだ」

精いっぱいの自制力を発揮して振り向き、ローガンを見つめた。ディナースーツに身を包んだローガンの姿はまぶしいくらい素晴らしい。真っ白なシャツのせいで日に焼けた顔は引き立ち、目の色はとても涼しげだった。

気を落ち着かせるために大きく息を吸ってからキャリーはずばりと言った。「それでよく来る気になったわね」

ローガンはすぐには答えずに、キャリーの赤茶色のドレス姿を無遠慮に眺めまわした。シングル・ショルダーのせいであらわになった雪のような肌のあたりは特にまじまじと。

「親族パーティーなんでね、ミス・デイ。きみにはまだ出る資格はないとも思ったんだよ……まだね」ローガンはいやみが的を射たのをたしかめてから、傍らの連れのほうに顔を向けた。「二人ともオードリーは知ってると思うけど?」

オードリー・ハリス！　ローガンの秘書の名前に思いあたるのには何妙かかかった。大胆に体の線を出した金色のドレス姿で、黒髪を片側にたらし、派手なメーキャップをしている。

ドナルドが眉をひそめた。「いや、ぼくは……」

「ローガンの秘書の方だわ、ダーリン」キャリーはわざと甘ったるく言って、ドナルドの腕に手を滑りこませた。ローガンの目がせばめられるのを見て、ぞくぞくっとうれしい戦慄《せんりつ》が走った。「お目にかかるのははじめてね、ミス・ハリス」といっそう甘い声で挨拶《あいさつ》した。

すみれ色の目がせばめられて、じっとキャリーを見つめる。「ミス・デイ」と同じような舌たるい挨拶をしてからオードリーは、「おもしろい人に会わせてあげるって言ったでしょう、ローガン?　退屈はさせないからって約束してくれたじゃありませんの」とローガンをせかした。すみれ色の目が挑むようにキャリーにもどる。

「こういう場面を前にも演じたような気がするわ」とキャリーは独り言のように言った。

「どこが似てるかな?」ローガンも思いあたったらしい。

そう、立場はあのときとは逆。今度は捨てられた女はわたしのほうなのだ。

「温室へでも行ってみない?」とキャリーはドナルドに言った。「なんだか空気がよどんでむっとするわ、この部屋」

ローガンの口元がぎゅっと結ばれ、目に怒りがこもる。「さあ、行こう、オードリー。約束どおりおもしろい人たちに会わせてあげるよ」二人は遠ざかっていった。二人とも背が高いしとても魅力的なので、みんなの注目を浴びている。

「温室は、ドナルド？」まだ気をのまれているドナルドをキャリーは促した。

「ああ、そうだった」うつろな声で言ってドナルドは家の裏手へ向かった。「どうしてローガンは秘書なんか連れてきたんだろうな。秘書だとわかったら母はかんかんだ。よくモデルを連れてきてたけど、母は口もきかなかったんだ……」そんなことをぶつぶつと言いながら。

温室には丹精されたばらが咲き乱れていた。レディ・スペンサーの高慢ぶりはキャリーには無関係だけれど、別な意味でいても立ってもいられない気持だった。こんなパーティーなどに来るのではなかった、と思った。

「きみの母上が捜してるぞ、ドナルド」

ローガンの声に驚いてキャリーは振り向いた。彼は一人だった。まじまじとキャリーを見つめているが、何を考えているかはキャリーには読めない。

「母が？」ドナルドは眉をひそめた。

「そうだよ」ローガンはいとこをじろっと見た。「ぼくなら走っていくけどね」

「捜してるって？」

「そうさ、言っただろう」

ドナルドは途方に暮れた様子になった。「キャロライン……」

「わたしのことならいいのよ」

「だけど、一緒に……」

「いいの。行って」キャリーはちらっと笑みを浮かべたが、目はローガンにすえている。

「行ったらどうだ、ドナルド」ローガンがきつい声を出した。「ここには用はないはずだ」

「言っておくけど、ローガン……」

「かまわないの、ドナルド」キャリーはまた笑みを浮かべた。「わたしもすぐ行くわ」

ドナルドはおぼつかなそうに温室を出て、ドアを閉めた。

キャリーはつっけんどんに言った。「思いやりがなさすぎるわ」

「ゲームをやってるわけじゃないからだ」

「ゲーム？」キャリーは目をしばたたいた。

「いいかげんにしたらどうだ、ということさ」

ローガンの目に引きこまれてしまいそうだった。キャリーはくるりと背を向けた。「なんの話か、さっぱりわからないわ」

振り向かされた。二の腕をぎゅっとつかまれたままなので、離れようにも身動き一つできない。「ぼくらの出会いや婚約の事情はどうあれ、ぼくらはお互いに必要とし合ってるんだ。否定はしないことだな、キャリー」キャリーが口を開こうとすると彼はそうぴしゃりと言った。「きみはドナルドを利用してるし、ぼくはオードリーを利用してる。だけど何を楯《たて》にしようと、正直なところを偽れはしない」

キャリーの胸はどきどきと高鳴っている。呼吸は浅くて息をしているという実感がない。

「この間の夜は眠れなかったろう？」かすれた声で彼がきいた。

キャリーは押し黙ったままでいたが、頬が赤く染まってはうなずいたも同然だった。

「きみの目はちゃんと、眠れなかった、と言ってる」彼はほほえんだ。「ぼくも眠れなかったんだよ」

そんな言葉にもうだまされはしない……ひどすぎることをされたのにふっと心がやわらぎそうになるのをうとましく思いながら、キャリーは挑むように言った。「いますぐにでもわたしを愛人にしようっておっしゃるの？　わたしがドナルドと結婚するまで待たないっていうの？」

彼の指が二の腕に食いこむ。「ドナルドと結婚なんてするもんか」

「あら、するわ」キャリーは彼の手をもぎ離した。「あなたに必要とされてるなんてもったいないくらいだわ、ローガン」とキャリーはあざけった。「でも、わたしのことを完全に誤解してるわ。わたしはあなたのことを……必要としていません。それはあなたは女には長《た》けた人かもしれませんけど、わたしには通用しないわ。わたしを満足させようとしたって、わたしはジェフのことを思い出すだけですもの」

ローガンはすさまじい顔つきになった。「いったい何度その名前を口にしたら気がすむんだ！」

「こういう場面を何度も経験した人がおっしゃることとは思えないわ」キャリーはたじろがずに言った。「あなたは策に溺《おぼ》れて失敗したんだわ。どうしてそれが認められないの？」

「頼むから株のことなんかは置いといてくれ！　いまは二人のことを話してるんだ」彼はキャリーを乱暴に揺すぶった。

「あなたとわたしのことならとっくにおしまいになってるわ」生気のない声でキャリーは言った。

「キャリー……」

「母はぼくを捜してなんかいなかったじゃないか、ローガン」不機嫌な声が入ってきた。「その代わりミス・ハリスが捜してる」

ドナルドの声にローガンはいらだった様子だったが、ため息をついて、「いま行くよ」と言っただけだった。

ドナルドは追い出されたことをそれほど根に持ってはいないらしい。この場の雰囲気にも気づかない様子で、「で、シシー伯母さんの具合は？」ときいた。

キャリーの目が光る。「ご病気なの？」

「この間の雪の夜、滑ってころんだんだ」

どうりで今夜は姿が見えないはず、とキャリーは思った。「お気の毒だわ。けがをなさったのね？」

「あざになった程度さ」

「父がきみと話したいそうなんだ」とドナルドが言った。「図書室で待ってるんだ」

「ビジネスのお話ってわけか」ローガンがあてつけがましく言った。

「それがどうしました？」キャリーは言い返した。

「べつに。せいぜいがんばることだ」ローガンはドアへ向かった。「木曜が楽しみだよ、キャロライン」

「木曜？」

「株主総会さ」と言い捨てるようにしてローガンは温室を出ていった。

サー・チャールスの話はもちろん事業を拡張するという話だった。かんで含めるような話し方だったし、ビルの分厚い報告書は隅から隅まで読んでいたのに、実際に経営にたずさわったこともなく化学工業に関心もないキャリーには、表面的なことしかわからなかった。

「よく考えておきます」と言ってキャリーは椅子を立った。

「そう、考えておいていただきますよ」サー・チャールスは葉巻の灰をペルシャじゅうたんにまきちらしながら、余裕のある態度で立ち上がった。「株主総会は来週だからね。きみの支持が必要なんだよ、キャロライン」

「精いっぱい努力しますわ」キャリーはどっちつかずの笑みを浮かべた。

「さあ、みんなのところへもどろう。そろそろ十二時になる」と言ってサー・チャールスはキャリーのためにドアを開けた。「新年というのはいつでもいいものだね。誰にとっても新しい出発だからね」

新しい出発……わたしにとって再出発とはなんだろう。ローガンを思い起こさせるすべてのものから逃げ去ること……時計が十二時を打ちはじめた。株主総会がすんだらひとまず休みを取ってどこか遠くへ行こう、と思った。

「ハッピー・ニュー・イヤー、キャリー」

キャリーは、愛しているその人、これからも忘れられないに違いない人の顔を近々と見上げた。「ハッピー・ニュー・イヤー、ローガン」喉は詰まり、目には涙があふれた。

彼の唇が羽のようにそっとキャリーの唇に触れる。

「こんな新年の迎え方をしようとは思わなかったよ」とローガンは沈んだ口調で言った。

「そうね、どんな上策でも失敗するということはあるわね」

「まったくだ」彼はため息まじりに言った。

「オードリーがキスを待ってるんじゃないかしら」

毒を含んだすみれ色の目をキャリーはちらっと見て取っていた。「新年のキスですけど、もちろん」

「新年のキスさ、もちろん」

「ハッピー・ニュー・イヤー、キャロライン」ドナルドがキャリーをさらうように抱き締め、頬に湿っぽいキスをした。

それから何分間か、みんなは互いに新年を迎えた挨拶のキスを交わし合った。ふと見まわしたが、ローガンとオードリーの姿はどこにもない。涙が出そうなほどのやるせなさをキャリーはじっと抑えた。たったのいまローガンの噂《うわさ》さえ耳に入らないところへ姿を消そうと心にきめたばかりなのに、その決心はもうぐらつきはじめていた。

ビルがつき添ってくれているのでとても心強い。会議室へ案内してくれたのは、二十歳そこそこのバストの豊かなブロンドの女性だった。

サー・チャールスとローガンはもう長いテーブルに席を占めていて、キャリーとビルが入るとそろって立ち上がった。

「ミス・デイがおいでです、サー・チャールス」と秘書が告げる。

「ありがとう、リーナ。さあ、座ってください、キャロライン」サー・チャールスはキャリーのために椅子を引き、「ミスター・レーン」とビルに会釈した。

「どうも」ビルはキャリーの隣に腰を下ろし、テーブルに書類ばさみをひろげた。

「きみの弁護士にまで出席願う必要はないのだけれどね」とサー・チャールスがキャリーをとがめた。

「ビルには議事の助言を頼んでいるものですから」とキャリーはそっけなく言った。

「よろしいでしょう」サー・チャールスは肩をすくめた。「さて、それではさっそく、議事を進行させましょう」

「ミスター・レーンとは初対面なんですがね」とローガンがだしぬけに言った。

キャリーは目を上げたが、すぐ伏せた。ローガンのハンサムぶりにうろたえてしまって。「ビル・レーン、ローガン・キャリントン」とそっけなく紹介した。

「ビル？」ローガンが眉を寄せる。「たしか、ポールという男の子がおいでじゃなかったかな？」

思いがけないことをきかれてビルはまごついた様子だった。「それは……たしかに」

「このごろはどうです？」ローガンの顔つきには誠意がこもっている。「いつだったかは、歯が生えるのでむずかっていたけど」

「最悪の時期は過ぎたようなんで……」ビルの答え方はなっていなかった。

「はじめたいんだがね、ローガン」とサー・チャールスがさえぎるように言った。「それはミスター・レーンのお子さんなら、さぞかし素敵な坊やだとは思うが……」

「ええ、そうなんですよ」とローガンが大きくうなずいた。

「だけど、株主総会にふさわしい話題とは思えないがね」サー・チャールスの口調がとがる。

「もちろん、そのとおりですとも」ローガンは茶化すように言った。「はじめてくださって結構ですよ、チャールス」

「ありがたいことだ」

「どういたしまして」

キャリーははじめのうちこそ三人のやりとりに耳を傾けていたが、そのうち専門的すぎる議論が続くだけなのに飽き飽きしてしまい、わたしはとうていビジネス・ウーマンにはなれない、と思ったりしていた。

「では最後に、事業拡張の議題に移りましょう」サー・チャールスは三人に笑顔を向けた。「この件については議論を重ねる必要はないでしょう。さっそく、票決に入ってよろしいでしょうな？」

「キャリー？」ローガンが促した。

「はい？……ええ、よろしいですとも」

「わたしも」ローガンもうなずいた。

「口頭で賛成、反対を表明することにしたらどうだろう？」

キャリーもローガンも黙ったままでいた。サー・チャールスの自信がぐらつきだしたようだった。

「どうかね、キャロライン？」とチャールスが返事を促した。

「早くすませましょう、チャールス」とローガンが言った。ローガンの目はキャリーに注がれたままだった。

「だけど、キャロラインがまだ……」

「反対」ローガンがきっぱりと言った。

「反対」とキャリーもすぐ言った。

サー・チャールスの大あわての声があがり、ローガンが満足そうな笑みを浮かべた。

「さっぱりわけがわからない」サー・チャールスが取り乱したまま言った。「キャロライン、まさかきみが反対にまわるなんて、そんな……」

キャリーは椅子を立った。「きっぱりと反対です。理由をお知りになりたいのでしたら、ビルが喜んで説明に応じるはずです」

「もちろんだとも」ビルも助け船を出してくれた。

「それでは、サー・チャールス……ミスター・キャリントン」二人にそっけない会釈をし、少なくとも表面だけは平静を装ってキャリーは会議室を出た。

黒い地味なスーツに身を包んだわたしはちょっとのことでは動じないように見えるかもしれない、とちらっとキャリーは思った。だがスカートに隠れた膝頭はがくがくと震えている。

エレベーターに乗ろうとしているところへローガンが追いついてきて乗りこみ、一階のボタンを押した。

小さなエレベーターの中だけにローガンから気をそらすことができない。ダークグレーのスーツの着こなしのよさ、プレゼントしたカフスに留められた袖口、真っ白なカラーにかかる髪……。

彼がキャリーのほうを向いた。「理由は？」

キャリーは肩をすくめた。なんのことをきかれたのかはもちろんわかる。「会社の利益にならないと思ったからです」と言ってエレベーターのドアをじっと見つめる。このエレベーターは永久に一階に降りないのではないか、とふっと思う。

「見上げた心がけだ。だけど、本当の理由を言ってもらおうか。チャールスの側につくはずだったろう、ひどい男を困らせるだけのために」

「ええ、あなたを困らせるために」そう言ってから、手のこんだかけひきはもうたくさん、とキャリーは思った。「わたしの義理の父が望まなかったからです」と言って、ひるまずにローガンを見上げた。彼の顔が青ざめていく。「そうだわ、ジェフが事業の拡張には反対していたってあなたは言ったわ。それで、今度だけはあなたを信じたんだわ」キャリーはエレベーターを出て両開きの一枚ガラスのドアのほうへ急いだ。まるで石になってしまったみたいな脚を励ましながら。

9

舗道まで出たところで、「キャリー！」と腕をつかまれた。「いま言ったことをちゃんと説明してくれないか」きつい口調でローガンがきく。

キャリーはひるまずに彼を見上げた。「簡単なことだわ、ローガン。ジェフは義理の父なんです、愛人じゃなくて」

ローガンはぼうっとした様子で首を振った。「さっぱりわからない」

「わたしの母はあなたの叔父様と再婚したんです」と言ってからキャリーはふっと気づいた。「あなたの義理のいとこになるのね、わたしは」

「だけどチャールスははっきり言ったんだ、ジェフリー叔父はキャロライン・デイという女性と暮らしていたって」

「母のことです。もちろん二人は結婚していたんですから、キャロライン・デイじゃなくて……」タクシーがやってきたのでキャリーは手を上げた。タクシーはするすると目の前に止まった。「キャロライン・スペンサーのはずです、当然」そう言いながらキャリーはタクシーに乗りこんだ。

「話はまだ途中じゃないか」

「話すことなんてもうないわ」

「キャリー……」

「どちらまででしょう？」運転手が振り向く。

「キャリー、まだだよ」

「わたしにはもうないわ」

「だけど、こっちには……」

「悠長にしてはいられないんですけどね」と運転手がまたさえぎった。「停車禁止の線の上なんですよ」

「口を出さないでくれ」と乱暴な口調でローガンが言った。

「生活がかかってるもんですからね、とにかく」ぶつぶつ言いながら運転手は前に向き直った。

ローガンはじろっと運転手をにらんでから言った。

「キャリー、別の場所へ行って話そう」

「話すことなんてないって言ったはずよ」キャリーはシートに背をあずけて運転手に行き先を告げ、「さようなら、ローガン」と言ってばたんとドアを閉めた。

　車の流れに入るとすぐ運転手はミラーにローガンの姿をのぞくようにしながら、「ふう」と吐息をついた。「激しい気性の方ですね、あの方」

「ええ」話す気分にならないので、キャリーは最小限の答え方をした。

「ご主人ですか？」

「違うわ」体がぶるっと震える。

「あの感じでは追いかけてきますね」運転手はバックミラーのキャリーにウインクした。「あなたみたいな美人を失うなんてとんでもありませんからね」キャリーの口元が思わずほころぶ。「ありがとう」

追ってはくるかもしれない。ジェフがわたしの義父と知って事情が変わったのだから。でも変わったのは彼のほうの材料で、わたしのほうではない。ローガンはわたしを利用しようとした。そのことはいっこうに変わりはしない……。

フラットに帰るとすぐマリリンによばれてお茶をごちそうになった。株主総会の様子をかいつまんで話していると、「あら、あれはあなたのドアベルじゃない？」とマリリンが言った。

「さあ、何も聞こえないけど……」キャリーはゆっくりと受け皿にカップを置いた。

「ポールみたいな手のかかる赤ちゃんを持ってごらんなさいな、いやでも音には敏感になるわ」マリリンは笑った。「ほら、また。あなたは立たないで。わたしが行くわ」

キャリーはぞっとした。マリリンと同様、ローガンだと思った。「もし彼だったら……」

「まだ帰ってきてないって言うわ」

だが数秒後、ローガンがずかずかと部屋に入ってきた。当惑顔のマリリンがあとに続く。

「話をしたいんだ、キャリー」前置きなしに彼は言った。「きみのフラットにしようか？　それともここがいい？」

マリリンがおびえ顔になった。「でも、ここには……」

「きみのフラットがいいな？」ローガンは念を押すように言った。

「そこまでおっしゃるなら」キャリーは顔をこわばらせて立ち上がった。「ごめんなさい、マリリン、お手数をかけて」

「何かあったら、すぐ呼んでね」とマリリンが言ってくれた。

ローガンの口元がきゅっと結ばれる。「べつに何もするわけではない。話をするだけだ」

マリリンはひるみながらも精いっぱいローガンを見返した。「どんな違いがあるんです？」

彼はマリリンをじろっとにらみつけてから、「キャリー？」と促した

彼がフラットのドアを閉めるなりキャリーは言った。「いったいなんの話をしなくてはならないんです？」

彼はため息をつきながら首を振った。「さっききみの言ったことがぼくにどんなにショックだったか、考えてみてくれないか。我々は誰一人、叔父が結婚していて、しかも娘がいたなんて、思ってもみなかったんだ」

「そうでしょうとも」

「誰かがちょっとでもそのことを……」

「いまさらよくもそんなことを！」キャリーの目は燃え上がった。「ジェフは素晴らしい人だったわ。節操を守り抜いた人だったわ。それなのに、よくも若い女と同棲《どうせい》していたなんて思えましたね！　それによくもわたしが父親ほどの年齢の人と暮らしていたなんて思えましたね！　それだけじゃないわ、ローガン、わたしを愛していると言ったのが嘘《うそ》だったことは、もうごまかしようがないんです」

「ごまかしなもんか！　いまでもきみを愛してる。きみのことを叔父の愛人と思っていたときだって、やっぱりそれだけはどうしようもなかったんだ。愛してるんだよ、ずっと」

彼の熱っぽい口調に、いままで背を向けていたキャリーはくるっと向き直った。「その言葉の意味もわからないくせに気安く使わないで！」

「わかってるからきみとの結婚を望んでるんじゃな

いか」怒りをむき出しにしたキャリーの目と出合っても、彼の視線はゆるぎもしない。

「あなたの望みは、株にきまってるわ」

「そんな株のことなんか……」

「そんな株、ですって？」キャリーはあざけるように言った。「手に入れるのに時間がかかりすぎるからそんな悪態をつくのね？　そんな、なんて言わせないわ、ローガン。わたしには大事な株よ。株を遺《のこ》されなかったらあなたにも会えなかったわ。あなたに会っていなかったら、心からの信頼が裏切られるということも一生知らずに……」

「キャリー……」

「帰ってください」まったくの他人行儀の口調で彼女は言った。「もう二度とお会いしたくありません」

ローガンはまじまじとキャリーを見つめていたが、やがてため息をついた。「わかったよ、キャリー、帰るよ。だけど必ずもどってくる。約束する」

「あなたがしてくれたほかの約束と同じにきまってるわね。二度と会わないわ」キャリーの胸はいまにも裂けそうだった。

彼の目が黒みを増す。「今度のもほかのも、嘘はない」と言いざま彼はキャリーを抱き寄せ、情熱のありったけをこめてキスをした。やがて抱擁を解いた彼の頬は赤く燃えていた。「愛してる、キャリー。いずれそのことは信じさせてみせる」

「スペンサー・プラスチックのあなたの持ち株をあきらめれば、だわ」となじるようにキャリーは言った。

「きみの持ち株がなくなれば、という場合もあるさ」と穏やかな口調で彼は言った。「よく考えてみることだな、キャリー」

彼が出ていってから平静を取りもどすまでにずいぶん時間がかかった。今度も彼のキスに応《こた》えてしまったことがおぞましくて、二度と会ってはいけない、とキャリーは繰り返し自分の胸に言い聞かせた。

翌日、思いもかけずシスリー・キャリントンが訪ねてきた。しかもシスリー・キャリントンの左足首には包帯が巻かれている。「こんなにひどいなんてローガンは何も言ってくれませんでした」キャリーはびっくりしながらそう言って夫人を招き入れた。用向きはなんであれキャリーの好きな人だった。

お茶を前にしてからもミセス・キャリントンは話を急ぐ様子もなく、「素敵なお住まいね」と優しい笑みを浮かべて部屋を見まわした。「ジェフリーには美的センスがありましたものね。彼も手伝ったんでしょう？」

楽しかった部屋の模様替えのときの大騒ぎを思い出してキャリーはほほえんだ。たしかにジェフの美的センスは抜群だったが、たとえば壁紙張りのような実際的なことはからっきしだめだった。キャリーと母は仕上げたときにはヒステリックになっていて、ジェフはほとんど一週間、アトリエに閉じこもってしまった。〝本当の仕事をするんだ〟と言って。その本当の仕事という言い方はそれから数カ月間、三人の間のおきまりのせりふになったのだった。

「ええ、手伝ってくれました、しぶしぶ」とキャリーは言った。「彫刻が本当の仕事だったんです」

「大変な才能だったそうね、ローガンから聞きましたけど。ローガンはそちらのことに詳しいの」

アトリエの作品をローガンはすぐソーントンのものと見分けた。そのことを思い出してキャリーは素直にうなずいた。

「もっと早くに来られればよかったんですけどね」ミセス・キャリントンはちらっと足首に目をやった。「どうしてわたしが訪ねてきたか、いぶかしく思っているでしょう？」とミセス・キャリントンがほほえみかける。

「ええ」キャリーは身構えるように言った。

「この足さえ言うことをきいてくれれば、もっと早く来ていたんですよ。昨日、ローガンから話を聞いて、それでどうしてもと思ったの」そう言われてキャリーはなおさら緊張した。「クリスマスに紹介されたとき、あなたのことに見覚えがあると思ったんですよ。でもあなたの姓に惑わされてしまって……ほんとにうっかり者でしたよ」ミセス・キャリントンはぼんやりとした目でキャリーを見た。

何を言っているのかキャリーにはわけがわからない。ミセス・キャリントンに初対面だとしたら、酔っているのではないかと思ったに違いない。

「キャリー・デイとキャロライン・アディではずいぶん音が違っていますものね、そうでしょう？」

「ええ」母の結婚前の姓を言われてキャリーの神経はぴんと張りつめた。

色あせたグレーの目に微笑が浮かぶ。「なにしろ二十五年も前のことですものね」

「二十五年？……」キャリーは眉をひそめた。

「わたしが何を話しているのか、さっぱり見当がつかないのね？」シスリー・キャリントンはやっと気がついた様子だった。

「そうなんです」

「あなたのお母様やジェフからは、何も？」

キャリーは神経質に唇に舌をはわせた。「何もって？」

「やっぱりそうなのね」ミセス・キャリントンはため息まじりに言った。「あらためて話すとなると気が進まないわね、一家の汚点をさらすわけですから」

重大なことが明かされるに違いないという予感がしてなんだか吐き気がこみあげる。「話して……いただけますね？」かすれ声でキャリーは言った。

「もちろんですとも。そのために来たわけですもの。二十五年前っていうと、弟のジェフリーは二十歳、あなたのお母様は十八……ジェフリーとの結婚をわたしの両親から反対されて……」

あまりにも思いがけない話だった。「二人が知り合ったのは、では、六年前ではないとおっしゃるんですね？」キャリーは息を詰まらせながらそうきいた。

「あなたが生まれる前から、ということですよ」

「どうぞ、先を、話してください」とぎれとぎれにキャリーは言った。声帯が言うことをきかない感じだった。

「お茶を注《つ》がせていただいていい？」とミセス・キャリントンが気を配ってくれた。「やっぱりショックだったのね」

でもそれは、若いころから知り合っていたことを母もジェフもほのめかしさえしなかった、ということでだった。あの若々しい母の彫像や、母が重病なのにジェフが結婚の意志を通したことに思い及んで、別の光が差しこんだ気持にもなっていた。

「スペンサー家の全員が責められても仕方がないの。ジェフリーさえ例外じゃないのよ」ミセス・キャリントンの顔に苦渋の色が浮かんだ。「でも彼も若すぎたし、父はチャールスなど比べものにならないくらい強圧的だったんですよ」

耳をふさいだほうがいい話なのだろうか、と思ってキャリーの胸は騒いだ。

「あなたのお母様はわたしの両親の屋敷のメイドだったの。わたしはとっくに嫁に出ていて、ローガンはあのころは十歳だったわね、たしか……ジェフリーを英雄のように崇拝していましたよ」ミセス・キャリントンの目にじわっと涙がにじんだ。「知ってさえいればお葬式に駆けつけたのに。ローガンから聞きましたけど、あなたのお母様のあとを追うように亡くなったそうね？」

「三カ月後でした」

「さぞ大変だったでしょうね、あなたは」

「はい。たしか、いま、母がメイドだったと……」

キャリーは先を促した。

「その話だったわね。ごめんなさい、年寄りじみた散漫な話になってしまって。でも、あなたのお母様のことははっきりと覚えていますよ。あなたそっくりで、いつも生き生きとしていて、屋敷にぱっと花が咲いたようだったわ。あなたには想像もつかないでしょうけど、ジェフリーもチャールスも……わたしもですけど、愛情のかけらもないような厳しい育てられ方をしたの。ジェフリーは日が差しこんだ思いだったんでしょうね、一目で愛して、もちろんあなたのお母様も彼のことを愛して」

「それなのに、ご両親に反対されて、わたしの母を……捨てたんですね？」

「そんなに単純なことじゃなかったのよ」

「でも、見捨てたことには変わりはないんでしょう？」

「ジェフリーは勘当するぞっておどかされたのよ、社会的に葬るぞって。ジェフリーはまだ二十歳だったんですよ。あなたのお母様は解雇されて、それっきりわたしたちの前から姿を消したわ」

「ジェフは？」

「自分が間違っていたことにすぐ気づいたんですよ。でもそのときにはあなたのお母様の行方はわからなくて……やっと捜しあてたときにはあなたのお母様はノーマン・デイと結婚していて、そのご主人の子供……つまりあなたを身ごもっていたの。それでもジェフリーを愛していることに変わりはなかったのに、妻としての、生まれてくるあなたの母としての操を守る道をとったんですよ。ジェフリーは二度と苦しめないと誓ってきっぱりとあなたのお母様と別れて……でもそれからずっと独身を通したのよ、あなたのお母様のことが忘れられずに」

「ひどいわ、ひどすぎるわ……」キャリーは声を詰まらせた。

シスリー・キャリントンはため息をついた。「ジェフリーはキャロラインを永久に失うことになると思ったその夜、身のまわりのものだけを詰めて屋敷を出たわ。父は相続権を奪うと言っていきまいていましたけど、遺言を書き換えないうちに心臓発作で亡くなったの。ジェフリーはスペンサー家から一ペニーの援助も受けようとしなかったし、会社の株もそのまま。わたしたちとは一切、関係を断ちたかったのね」

キャリーは苦痛の声を抑えられなかった。「愛し合っていたのに、そんなむごいことに……まさかジェフを責めてらっしゃるんじゃないでしょうね？」

「なつかしいだけ」シスリー・キャリントンの声は震えた。「二人はとても愛し合っていたんでしょう、二十五年たっても？」シスリー・キャリントンはハンカチを出してそっと涙をぬぐった。

「ええ、とても」キャリーの声はかすれた。たしかに二人の愛情のこまやかさは特別だった。もちろん母が義父と幸せな結婚生活を送ったことは間違いがない。ジェフといる母はとりわけ幸せそうだった。医者からどう手を尽くしても一年の命しかないと宣告されていた母が四年半も生き延びた理由もそれで説明がつく。愛するジェフとやっと暮らすことができたということが生きる張りになったということではないだろうか……。「とても、素晴らしいことだわ……」キャリーは声を詰まらせた。涙がキャリーの頬を伝った。

「わたしもそう思いますよ」シスリー・キャリントンがうなずく。「あなたにそう言っていただけて本当によかったわ。話を聞いてもらったかいがありましたよ」

「ありがとうございます」

「わたしの息子にもこういうチャンスを与えてもらえると本当にうれしいんですけどね」シスリー・キャリントンの目はなごんでいる。

「ローガンに？」キャリーの顔がこわばる。「あなた方が同じことを繰り返すなんて、たまりませんからね」

「わたしはメイドではありませんから解雇などということもありませんし、ローガンも素直な二十歳の青年というわけでもないですから」

「そうね、たしかに、そう」シスリーはくすりと笑った。「それにローガンは、どんなことをしてでもあなたを、と思っていますしね」

「わたしたちは別れることにきめたんですよ、ミセス・キャリントン」キャリーは声を強めた。「それにわたしの気持はもう変わりません」

「ローガンがぜひともあなたをと思っている、ということだけですよ、わたしに信じられるのは」

「そうでしょうか」キャリーは椅子を立って、部屋を行ったり来たりしながら言った。「スペンサー・プラスチックを自由にしたいから彼と結婚しようとした……わたしのことをそう思っていらっしゃるんじゃありません？」

「まさか、わたしがそんなことを思うわけがないでしょう。わたしはあなたのお母様が好きでしたし、あなたのことも大好きなの。だからなおさら、ローガンがめいってしまっているのを見るのがたまらないんですよ」

「でもローガンとわたしは、もうお互いに信じ合うことができないんです」

「本当に？」シスリー・キャリントンはがっかりした様子だった。

「ええ、本当に」キャリーはうなずいた。

「わたしはあなたが娘になってくれれば本当にいいと思っているんですよ。でも、これ以上はよけいなおせっかいになりますね」シスリー・キャリントンは足首をかばいながら腰を上げた。「ローガンから聞きましたけど、ジェフリーのアトリエがあるそうですね」シスリー・キャリントンははにかみ顔になって言った。「見せていただけるかしら？」

「もちろんですわ！」キャリーはもちろん渋ったりはしなかった。

シスリー・キャリントンを送り出してからキャリーはアトリエにもどり、母の彫像を手に取った。ああ、母とジェフはどんなに愛し合っていたことだろう！　二人の愛は長い間会いもしなかったのに続いたのだ、二十年以上も。わたしもローガンへの思いをそんなに長い間、この胸の中に抱き続けているのだろうか、彼の背信を憎みながら……。

10

翌朝、明け方やっと眠りについたキャリーは、けたたましい電話の音に起こされた。ふらふらしながら受話器を耳にあてた。

「ミス・デイ？」ジェームス・シーモアの声とすぐわかって、たちまち目が覚めた。

「はい？」

「すぐ事務所まで来ていただけないでしょうか？」

「どういうご用でしょうか？」

「非常に……内々の事柄なので、電話でお伝えするわけにはいかないんです」

「何時にうかがえばよろしいでしょうか？」

「早ければ早いほど結構です」

弁護士には普通、何週間か前に予約を取らなくては会えないのだから、何かあったに違いない。もちろん、ジェフの遺言のことで……。

考えていても仕方がない、と思ってキャリーは急いで身支度をすませ、ジェームス・シーモアの事務所へ向かった。

いま一度キャリーは老弁護士のとがめるような視線にさらされることになった。彼女はスラックスとトップというカジュアルな身なりだったし、髪は結わずに肩にかかるままにしてある。その髪は風に吹かれて乱れていた。

だが彼の口調は視線とは違ってあいまいだった。

「どう切り出していいか……どうも、むずかしい事柄なので……」

「株式も七十五万ポンドもわたしのものではない、ということではありません？」とキャリーのほうが言った。「取り違えがあって、誰か別の方のものになる、ということでは？」

老弁護士は目を見張った。「どなたからそれを？……ミス・デイ、知っておられたのなら、なぜそのことを……」

「知っていたわけではありません」キャリーはため息をついた。「で、どなたのものになるんです？」

「つまり、ミスター・スペンサーは遺言をせずにお亡くなりなので……」

「でも遺言書はありましたでしょう？　わたしも見ましたし……」キャリーは眉をひそめた。

「ええ、ありました」ジェームス・シーモアはちょっと不愉快そうに言った。「しかし、ミスター・キャリントンから情報を提供……」

「ローガンから？」キャリーはすぐきき返した。

「そのとおりです」弁護士はうなずいた。「ミスター・キャリントンはごく最近、正確に言いますと二日前ですが、ジェフリー・スペンサーが四年前に結婚しているということをつきとめたのです。ミスター・スペンサーの遺言書の日付は五年前になっているのです」

「それで？」キャリーはまた眉を寄せた。

「結婚によってそれ以前に作成された遺言書は自動的に無効になるのです。ミスター・スペンサーは結婚したことをわたしに教えてくださればよかったのです。そうすれば新しい遺言書を作成したんですよ。つまりそういうことですので……」

「すべてはサー・チャールスとシスリーの復帰財産になるということですね？」

「そういうことになります。それから……」と言って彼はちょっと口ごもった。「もう一つ別に問題がありまして……」

「どうぞ、おっしゃってください」

「これもミスター・キャリントンから提供されたことなのですが、あなたのお母様はあなたとまったく同じキャロライン・デイというお名前なのですね？遺言書がミスター・スペンサーの独身時代に作成されておりますので、遺贈はあなたのお母様になされた、と見るのが当然と思うのです」

まったく当然なことだし、まさにそのとおりなのだろう。キャリーは椅子を立った。「お世話さまでした、ミスター・シーモア。わたしとしては……そう言えるだけです。そうではありません？」と言ってキャリーは肩をすくめた。

「とんだ取り違えをしました、ミス・デイ」弁護士は本心から後悔している様子だった。「ただ、一つだけ助かったことがあるんですよ」

「どういうことでしょう？」

老弁護士の口元にちらっと微笑が浮かぶ。「わが国の法機関の悠長さが幸いして、遺産がまだあなたの手に渡っていない、ということです」

「それが、どうして？」

「少なくともあなたは、まだそれを使いつくしてはいないわけです」

老弁護士なりに精いっぱいのジョークを言ったのだと悟って、キャリーは笑みを返した。「本当にそうですわ」と言って握手の手を差し出す。「ご親切にしていただいてありがとうございます」

表に出たキャリーはもう、大成功している事業のオーナーの一人でも金持でもなかった。贅沢《ぜいたく》ができたろうに、と思わないでもなかったけれど、またもとどおりのキャリー・デイにもどれたことで不思議にさわやかな気分だった。もう誰もわたしを利用できはしない。誰の食いものにならなくてもすむ！

ジェフのアトリエにひっそりとこもって、母の彫像にじっと目をすえた。母の像というにはあまりに若々しすぎることを以前はけげんに思ったこともあったが、いまはジェフにとって母の姿はいつもこう見えていた、と素直にうなずける。その美しさが心にしみる……。

「キャリー……」

いつの間に入ってきたのか、ローガンがすぐ後ろに近寄ってきてじっと彫像に目をすえている。魅力にあふれた彼の顔を目にしたとたん、キャリーの胸ははずんだ。

「とても美しい人だったんだね」かすれた声で彼は言った。「この人を叔父が一生、愛し続けたわけがよくわかるよ。ずっと待っていたわけが」

キャリーは顔をそむけた。「どうして、ここへ？見物してほくそ笑むために？」

「あることをきみに頼みにさ」ローガンがまじまじと見下ろす。

キャリーの口元がゆがむ。「押し問答ゲームでもやりにきたんでしょうけど、ローガン、いまはそんな気分じゃないの」

「質問は一つきりだよ、だから答えも一つきりですむ」

キャリーはため息をついた。「それで？」

「ぼくと結婚する気は？」

「なんですって？」キャリーには信じられなかった。ローガンはキャリーの二の腕をつかみ、深々と目をのぞきこんだ。「結婚する気は？」

「真面目なの？」青ざめている真剣な彼の顔をキャリーは探るように見上げた。

「きいたのはぼくだ。答えてもらおう」

「でも……」

「イエスかノーかだ」

もちろん、イエスと答えたい。結婚したい。だが、彼のチェスの駒《こま》になるなんて、もうまっぴら……でも、いまのわたしはもう株の所有者ではない！

「さっき、ジェームス・シーモアに会ったら……」

「知ってる」

「彼から聞いたのね？」

「そうだ」

「それでもわたしと結婚を？」

「もちろんだとも。きみを株主でなくさせたのは、ぼくだ。株という障害がぼくらの間にある限りきみは結婚する気にならないと思ったからだ」彼の指に力がこもる。「さあ、答えるんだ、キャリー」

「でも……」

「イエスかノーかだと言ったろう」

「イエスよ。でも……」

「でもはなしだ、キャリー」彼はキャリーに腕をまわして抱き寄せた。「もしかしても、ことによるとも、なしだ。きみを愛してる。きみと結婚したい。してみせる」

「でも、あなたは策略から……」

「あれは叔父をからかうつもりで言ったことなんだ。言ったあとではもう忘れていたのに、クリスマスに災いが降りかかってきた。そういう巡り合わせ、としか言いようがない。とにかくジェフリーと暮らしていた女とドナルドを結婚させたら、なんて誰が本気で言うもんか。それにぼくにはスペンサー・プラスチックのためにさく時間はないし、チャールスが母をうまく丸めこもうとするのを防ぐのが精いっぱいなんだ。言うまでもないだろうけど、ジェフリーは株主総会の決定がどうだろうと無関心だったからね」

「事業拡張の件以外は、でしょう？」

「そう」彼はほほえんだ。「そのせいでチャールスも救われたわけだ。それにチャールスにとってもっと幸運なのは、現れたキャロライン・デイが金目あての欲深な女じゃなかったことだよ。ぼくはきみがそのキャロライン・デイと知って仰天したけどね」

「でもわたしじゃなかったわ。ジェフと結婚していたのは母よ」キャリーは彼の胸に頬をすり寄せながらそう言った。夢を見ている気がした。

「ジェフリーが誰にも言わなかったんだから、ぼくらにわかるはずがないじゃないか。ジェームス・シーモアが取り違えたということだって、神ならぬ身だもの、知りようがない。だけどとにかく、きみとぼくは出会うことになっていたんだ」彼は熱っぽい口調で言った。「そう思うだろう、キャリー？　きみとぼくは出会ってお互いに夢中になるように定められていたんだ」

「そう思うわ、もちろん！」キャリーはローガンの言葉を信じた。彼の愛がまやかしでないことを信じた。なんという素晴らしさだろう、夢以上に素晴らしい現実があるなんて！

情熱に駆られたキスから顔を上げてからローガンがつぶやくように言った。「ちょっとしたニュースがあるんだよ」

「なあに？」夢見心地のままキャリーはきいた。

「ドナルドが駆け落ちしたんだ、リーナ・マクドネルと」

「ドナルドって？……まあ！」キャリーは笑いをかみ殺そうとしたがむだだった。「でも、リーナって？ 思いあたらないわ」

「ソファに腰を下ろそうよ、それからゆっくり話してあげる」

　客間のソファにローガンに包まれるように座った。

「リーナって、ほら」とすぐ彼が言った。「チャールスの秘書の」

　きつい目をした豊満なブロンドの姿が思い浮かんだ。「まあ！ かわいそうなドナルド！」

「さあ、それはどうかな」ローガンはキャリーのこめかみにそっとキスをした。

「そうは思わないの？」嫉妬《しっと》がむらむらっとこみあげた。

「何か勘違いしてるんじゃないか、ダーリン？」彼の腕に力がこもる。「リーナならあの両親に負けてはいないって言ったのさ」

「でも勘当されないかしら、ドナルドは？」

「チャールスはドナルドを許すよ。リーナのこともドナルドの妻として認めるだろう、孫が生まれればなおさらだ」

　キャリーはくすっと笑った。「ドナルドが父親になるなんて想像もできないわ」

「ぼくはどう？」

「あら、あなたなら……」キャリーの頬が見る見る染まる。「それは……」

「終わったんだよ、キャリー、悪夢は」ローガンはむさぼるようにキャリーの唇を求めた。「本当に悪夢だった。なにしろこんなに愛しているきみが信じられなくなったんだから」

「わたしも同じだったわ」

「二日前にきみから、ジェフリーが義理の父親だということやお母さんと同じ名だということを聞かされて、はじめて光が見えはじめたんだよ。憶測をシーモアに話したときは、神にすがる気持だった」そのときのことを思い出したのか、彼はぶるっと身を震わせた。

「憶測がはずれたらどうする気だったの？」

「もちろん必死で別の手段を探しただろうな。はじめのショックはひどかったのに、きみと結婚したい気持は全然、変わらなかったからね」

「オードリーはどうしたの？」

「辞めていったよ。利用していたことを正直に言ったら」くすくす笑うキャリーを彼はなごんだ目でしげしげと見つめた。「とにかくほかの女には目がいかなかったことはたしかだ。きみのことが心の中から追い払えなかったし、きみから離れてしまうなんてなおさらできなかったんだ」

「でもあなたはずいぶん平気そうにわたしを傷つけたわ」

「ぼくだってずいぶん傷つけられたよ、キャリー」彼は深々とキャリーの目をのぞきこんだ。「一目ぼれだったからね。きみのほうはどうなのか……」

「同じよ、あなたと」

「だけど、そういうふうには見えなかった。遺産を相続したことも言ってくれなかったんだからね」

キャリーは下唇を軽くかんで、気持の動きを正確に伝えるにはどう言ったらいいか言葉を探した。

「わたしにとってはちょうどフットボールの当たりくじのようなものだったの。夢見ているだけで実際には起こらないとわかっている、そういうことってあるでしょう？　はじめからなんだかきつねにつままれたような気持だったの。やっぱりそのとおりだったわ」

「すまなかったと思ってるよ」ローガンはため息をついた。「その分、償わさせてもらうよ、きみがいちばん興味のあることをずっとしてもらって」と彼はからかい口調で言った。

「あなたの秘書になれっていうの？」

「オードリーの代わりにはもう来てもらっている」

「まあ」

「有能な人だよ、五十歳の」

「でも五十歳でも魅力的な人はいくらでも……」

「大違いだよ」彼は笑った。「ミセス・テイラーはちょうど軍隊を動かす指揮官ていう感じなんだ。とてもおっかない」

「まあ、素敵」キャリーはにっこりと笑った。「だったら、ずっと何をしろっておっしゃるの？」

「ぼくと結婚して、一生、ぼくの熱愛を受けていてほしいんだ。ぼくの子供たちの母親になってほしいんだ。キャリー、愛してる。どんなにきみが必要か、わかってほしい。先週はきみに会えもしなかったから、まるで……」

キャリーは彼の唇にそっと指を置いた。「わたしのほうこそあなたがどんなに必要か、わかってほしいわ。わたしはずっと胸が裂ける思いだったわ。ジェフのことを言うとあなたはいやかもしれないけど、でも……」

「それは嫉妬していたころの話じゃないか。いいんだよ、いくらでも口にしてくれて。きみの話を聞いているうちにどんどん好きになりそうだからね」

「ジェフだってきっとあなたが好きになったと思うわ。大賛成してくれているはずよ、わたしたちが結婚することも、お互いに愛し合うことも」

「彼がきみのお母さんを愛したのと同じくらいきみを愛してるんだ。いや、もっと激しくだ。ぼくもきみを命の続く限り愛しとおしてみせる」ローガンは誓いを立てるようにそう言った。

　命の続く限り愛してもらえる、とキャリーははっきりと思った。命の続く限りこの人の愛情に包みこんでもらえるに違いない、と。

ハーレクイン®

ハーレクイン・ロマンス　1984年9月刊（R-342）
『母の影像』を改題したものです。

紳士で悪魔な大富豪

2025年3月5日発行

著　　者	キャロル・モーティマー
訳　　者	三木たか子（みき　たかこ）
発 行 人	鈴木幸辰
発 行 所	株式会社ハーパーコリンズ・ジャパン 東京都千代田区大手町 1-5-1 電話 04-2951-2000（注文） 0570-008091（読者ｻｰﾋﾞｽ係）
印刷・製本	大日本印刷株式会社 東京都新宿区市谷加賀町 1-1-1
表紙写真	© Lithian ｜ Dreamstime.com

ISBN978-4-596-72319-2 C0297

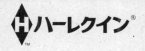

◆◆◆◆ ハーレクイン・シリーズ 3月5日刊 発売中

ハーレクイン・ロマンス

愛の激しさを知る

二人の富豪と結婚した無垢
〈独身富豪の独占愛Ｉ〉　ケイトリン・クルーズ／児玉みずうみ 訳　R-3949

大富豪は華麗なる花嫁泥棒
《純潔のシンデレラ》　ロレイン・ホール／雪美月志音 訳　R-3950

ボスの愛人候補
《伝説の名作選》　ミランダ・リー／加納三由季 訳　R-3951

何も知らない愛人
《伝説の名作選》　キャシー・ウィリアムズ／仁嶋いずる 訳　R-3952

ハーレクイン・イマージュ

ピュアな思いに満たされる

捨てられた娘の愛の望み　エイミー・ラッタン／堺谷ますみ 訳　I-2841

ハートブレイカー
《至福の名作選》　シャーロット・ラム／長沢由美 訳　I-2842

ハーレクイン・マスターピース

世界に愛された作家たち
～永久不滅の銘作コレクション～

紳士で悪魔な大富豪
《キャロル・モーティマー・コレクション》　キャロル・モーティマー／三木たか子 訳　MP-113

ハーレクイン・ヒストリカル・スペシャル

華やかなりし時代へ誘う

子爵と出自を知らぬ花嫁　キャサリン・ティンリー／さとう史緒 訳　PHS-346

伯爵との一夜　ルイーズ・アレン／古沢絵里 訳　PHS-347

ハーレクイン・プレゼンツ作家シリーズ別冊

魅惑のテーマが光る
極上セレクション

鏡の家
《ハーレクイン・ロマンス・タイムマシン》　イヴォンヌ・ウィタル／宮崎　彩 訳　PB-404

※予告なく発売日・刊行タイトルが変更になる場合がございます。ご了承ください。